El valor de una mujer
(Melodrama político)

Alberto Julián Pérez

Ediciones Riseñor

ISBN: 978-0-9860839-1-4 (sc)
ISBN: 978-0-9860839-0-7 (e)

Lulu Publishing Services rev. date: 7/7/2017

Ediciones Riseñor
Lubbock, TX
2015

Primera parte

La mujer terminó de colocarse el rímel sobre los párpados. Ya estaba bien. Hizo una mueca frente al espejo, mordiéndose los labios para que el rouge quedara parejo. Se abrió la puerta de la habitación y el espejo reflejó la figura de una mujer joven, de tez morena y formas abundantes.

- ¡Che, Negra, apurate que se está haciendo tarde! - dijo, volviéndose hacia la puerta, la que había terminado de maquillarse.

- ¿Qué querés que le haga? - respondió la otra, dejando la toalla sobre la silla y frotándose con las manos el cabello mojado - Ese baño maldito está siempre ocupado.

- También…es el único baño en todo el piso.

- ¡Con lo que cobran! - exclamó la Negra - Y pensar que dicen que es un hotel.

- ¡ Ma que hotel - agregó su amiga - conventillo a la moderna!

- Yo me tuve que bañar con el agua casi fría - dijo, mientras peinaba su cabello - Un poco más y me agarro una pulmonía.

La Negra se maquilló con cuidado sin dejar de conversar con su amiga. Delineó sus ojos con colores intensos y se aplicó un rouge llamativo en los labios. Después se enfundó en un vestido brilloso muy ajustado y con un gran escote.

- Bueno, vamos - dijo su amiga, que la aguardaba con impaciencia - Si llegamos tarde el trompa se va a enojar.

Las dos mujeres llamativamente vestidas salieron a la calle. Era una zona de casas viejas de dos o tres pisos, antiguas residencias que habían degenerado en conventillo, inquilinato u "hotel" de dudoso mérito. Un hombre alto y atractivo caminaba en dirección contraria a la de las mujeres.

- Chau, morocha. Qué linda estás hoy - dijo, mirando a la Negra, cuando pasaron a su lado.

La Negra, sin volverse, preguntó a su amiga:

- ¿Quién es el tipo ese?

- Es un taxista que vive en el hotel de la otra cuadra - contestó - Me parece que te tiene ganas.

La Negra hizo un gesto de rechazo.

- Yo ya estoy podrida de los tipos - dijo - Para mí son parte del trabajo y nada más.

- ¡No seas exagerada - dijo su amiga - también tenés un corazón!

- La última vez que me enamoré para lo único que sirvió fue para trabajar más.

- También… - dijo la otra - ¡te metés con cada uno! El tipo aquel lo único que quería era vivir de arriba.

La Negra se detuvo, puso sus manos en las caderas y preguntó:

- ¿Agarramos un taxi?

- Sí, yo caminar no camino - respondió su amiga - Y los ómnibus no son para mujeres de nuestra categoría…nosotras somos artistas.

- Seguro - asintió la Negra.

El taxi se detuvo frente a uno de los cabarets de Avenida Belgrano, en el bajo. El portero se acercó al auto y les abrió la puerta.

- Buenas noches, chicas - dijo - ¿listas para el trabajo?

- Sí, otra noche más – respondió la Negra, mientras pagaba la tarifa y bajaba del auto.

- Pero hoy es sábado, no se olviden. Esto va a estar lleno.

- Yo no me quiero poner en curda como ayer, después me duele la cabeza - dijo la Negra.

- Decile al Toto que en lugar de alcohol te sirva té - sugirió el portero.

- ¡Buena idea! - agradeció la Negra.

Entraron. El lugar estaba muy oscuro. La Negra se acercó a la barra y le hizo una seña al barman.

- ¡Che, Toto, cuando te pidan un Tres Plumas para mí, servime té! - dijo.

- Está bien - respondió el barman, un hombre delgado, muy afeminado.

- ¿Hoy viene la rubia del striptís? - preguntó la amiga de la Negra.

- Sí, Susana - respondió Toto, mientras lavaba unas copas - Está trayendo una clientela bárbara, esa piba tiene mucho arte.

- Lo que tiene son las tetas paradas, como si fueran de plástico - dijo Susana.

- Se están poniendo envidiosas - se burló Toto.

- ¿Quién, yo? - respondió la mujer, alzando el pecho - ¡No tengo nada que envidiarle a esa!

- ¿Se me corrió el maquillaje? - preguntó Susana, tratando de mirarse en un espejito de mano.

- No, estás bien - dijo la Negra, observándola con cuidado.

La puerta vaivén del cabaret se abrió, y un haz de luz iluminó momentáneamente el salón oscuro.

- Mirá - dijo la Negra a su amiga - ahí entra el primer cliente.

El hombre, un señor de edad madura, se acercó a las mujeres que aguardaban junto a la barra. Un caballero vestido con smoking se aproximó a la Negra y la tocó suavemente con el codo.

- Atendelo vos, Negra - susurró.

- Ufa - se quejó la Negra - es viejo.

- Aquí no se elige - dijo el otro - el que te toca, te toca.

Susana se acercó al hombre de smoking.

- Sr. Marcelo - le dijo - Si esta noche me voy con algún cliente, ¿me puede dejar que me quede con las extras, si quiere algo especial?

- No - dijo el otro fríamente, mientras se limpiaba el paño del smoking con la palma de la mano - Eso va contra las reglas del establecimiento.

La miró a los ojos y agregó:

- Ya sabés que en eso somos muy estrictos. Aquí se trabaja siempre a porcentaje y si no te gusta te vas a trabajar a la calle.

- Sabe lo que pasa - se justificó Susana - en el Internado adonde tengo a mi hijo me pidieron más plata que la que pago siempre, porque estuvo con una infección.

- Vos sabés que no puedo hacer excepciones - dijo el hombre, encendiendo un cigarrillo y exhalando lentamente el humo.

Susana se rascó la cabeza.

- El tipo ese con quien me fui anoche era un asqueroso - dijo - Después que me la dio, me pidió que le chupara el culo. ¿Habrase visto un asqueroso semejante?

El Sr. Marcelo no pudo contener una carcajada.

- Usted se ríe - dijo Susana, irritada - pero lo hubiera querido ver en mi lugar.

- ¡No seas insolente! - exclamó enojado el Sr. Marcelo - Aquí estamos para satisfacer el gusto de la gente, para eso pagan. ¡Bastantes problemas tengo yo con la cantidad de cuentas y coimas que debo pagar cada mes!

El Sr. Marcelo apagó con rabia el cigarrillo en el cenicero y dio la espalda a Susana.

- Bueno, no se enoje - dijo Susana, intimidada por su reacción, caminando unos pasos detrás del Sr. Marcelo que se alejaba - es la cuestión de mi pibe que me preocupa.

La Negra estaba sentada con el cliente junto a una de las pequeñas mesas del cabaret. Sobre la mesa había varios vasos. El hombre tenía su mano bajo la falda de la Negra y la acariciaba con voluptuosidad.

- ¿Cómo te llamás? - le preguntó.

- Me dicen la Negra - respondió.

- Es cierto que sos un poco morocha - comentó el hombre - con esta luz uno no se da cuenta bien. Empieza el espectáculo.

Un spot de luz rosada iluminó una tarima que había en un ángulo del salón. Los músicos tomaron su lugar junto a los instrumentos: un piano, un contrabajo y una batería. Desgranaron una melodía suave y romántica. El cabaret súbitamente se había llenado de gente. Pasó un cantante de boleros, que interpretó, muy desafinado, tres piezas. Después, el animador, que era el mismo Sr. Marcelo, anunció con grandilocuencia, ante la excitación del público, un número de estriptís. Acompañada por la música, salió una muchacha rubia vestida con una túnica de gasa y empezó a mover voluptuosamente sus caderas.

- Esa es una artista nueva - dijo la Negra a su cliente - hace estriptís a la francesa.

- Muy linda chica, por cierto - comentó el hombre con seriedad. Hizo un gesto, se abrió la bragueta del pantalón e introdujo su mano.

- ¿Se la sacó? - preguntó la Negra.

- Sí, vení, acariciámela un poco.

La Negra hizo lo que el hombre le pedía.

- Está muy parada - comentó con picardía - ¡no vaya a ser que escupa!
- No, la tengo acostumbrada, es obediente - dijo el señor.
- Bueno, si Ud. lo dice - aceptó, sonriendo, la Negra.

La rubia del estriptís seguía evolucionando en su danza. El aire acondicionado no funcionaba, hacía calor y el lugar se había llenado de humo de tabaco. Los mozos iban y venían llevando bebida. La rubia finalmente arrojó su sostén y descubrió unos pechos muy hermosos. El público masculino prorrumpió en silbidos. El cliente de la Negra le acarició los pechos con fuerza y nerviosismo.

- ¿Cuánto cobrás? - le preguntó.
- ¿Por qué - preguntó a su vez la Negra - por el polvo o por la noche?
- No, no... - dijo el hombre, haciendo un gesto con el brazo - ahora, nomás. Mirá, vos te vas al baño y yo te sigo. Tengo una calentura bárbara.
- Eso el patrón no lo permite - respondió la Negra - Tiene que tocar lo que pueda mientras estamos aquí bebiendo en la mesa o si no me tiene que llevar a un mueble y pagarme la tarifa fija.
- Mira - dijo el hombre, con ansiedad - yo estoy caliente en este preciso momento. Si salimos del cabaret capaz que se me baja y después no la paro más. Yo te doy mil pesos a vos particularmente, vos no digás nada; te vas al baño, yo te sigo, y en un rato terminamos.

La Negra dudó por un momento.

- Está bien - dijo finalmente - pero que no se vaya a dar cuenta el trompa.

Ella se levantó y caminó hacia el baño de "Damas" por el salón repleto de gente. Momentos después la siguió el hombre.

- Cierre la puerta con el ganchito, así estamos seguros - le dijo.

El hombre hizo lo que le pedía. Después miró las paredes y el inodoro del pequeño baño.

- ¡Qué sucio está! - comentó.

El piso tenía manchas de orina y en el inodoro había visibles marcas de excrementos.

- Muy limpio la verdad que no está - dijo la Negra - Es que desde ayer falta la mujer de la limpieza, se le enfermó la hija. ¿Qué quiere hacer?

- Vos reclínate contra el inodoro - dijo el hombre - o mejor arrodillate encima de la tabla.

- Espere que baje la tapa para que no me ensucie - dijo la Negra - Me subo la falda.

Bajó la tapa del inodoro, se subió la ajustada falda de su vestido, descubriendo sus nalgas, y se puso en cuclillas sobre el inodoro, dando la espalda al hombre.

- Sí, está bien - aprobó el cliente - Inclinate un poco más.

La Negra obedeció. El hombre se bajó los pantalones y descubrió su miembro. Se lo apoyó entre las nalgas e hizo fuerza.

- ¡Huy…ay! ¿Me la va a dar por el culo? - dijo la Negra - ¿por qué no me la da por concha? Por el culo me hace doler.

- Te la entierro despacito… - dijo el hombre - continuando con la presión.

Mientras hacía fuerza para penetrarla, el cliente paseó su mirada por las paredes del viejo baño. Tenían varias capas de pintura al aceite de un color verdoso y sobre ellas habían escrito numerosos "graffitis".

- Mójesela con saliva que soy muy sensible - le pidió la Negra.

- Está bien - respondió el hombre, sin hacer caso - Mirá las asquerosidades que escriben en las paredes. "Lola come bolas y te soba la pinga". "La Tita es tortillera". Y esto lo escribió un tipo: "Dale gracias a Angulo que lo que tenés en la mano no lo tenés en el culo" - leyó, logrando por fin penetrarla - La verdad que sí, ¿eh? - agregó, divertido - Prefiero tenerlo en la mano.

- Yo no puedo decir lo mismo - dijo la Negra, siguiéndole la chanza - porque lo tengo bien en el culo.

- Así…así…¿me sentís? - dijo el hombre maduro, moviéndose hacia adelante y hacia atrás, penetrándola con fuerza.

- Ud. la tiene muy grande, la verdad que lo siento bien - dijo ella, halagándole su vanidad viril.

- Balanceate hacia los lados - dijo el hombre, que se esforzaba por llegar al orgasmo.

- Me estoy resbalando, el inodoro es muy chico - le avisó la Negra, que con todo el movimiento ya casi caía fuera de la tabla.

El cliente empezó a exhalar pequeños gritos de placer; de pronto interrumpió su esfuerzo.

- …¿y?...¿acabó? - le preguntó la Negra.

- …no…no pude - respondió el hombre, sacándole el miembro del ano - Me parece que tomé mucho, cuando tomo me cuesta terminar.

La Negra se bajó del inodoro, abandonando su incómoda posición. Miró al hombre: la luz tenue y amarillenta del foco del baño dejaba ver el contraste entre su juventud y la madurez de su cliente; era un individuo de rostro arrugado y pelo canoso, tendría cerca de sesenta años. El hombre quedó de pie, el pene fláccido bajo el abdomen algo abultado.

- ¿Quiere que le haga con la boca, así queda satisfecho? - le dijo la Negra.

- No…está bien… - respondió él, algo avergonzado.

- Déjeme…Ud. siéntese en el inodoro - le indicó la Negra.

El hombre obedeció, haciendo un gesto de asco al apoyar sus nalgas en el artefacto sucio. La Negra le acarició el miembro que se empezaba a hinchar un poco. Vio que estaba manchado.

- Ud. tiene un poco de caca en el pito - le dijo.

- Es de tu cola - explicó el hombre - me la saco con papel higiénico. Extendió su mano hacia donde estaba el rollo de papel.

- No, está bien, deje - dijo la Negra, deteniéndole la mano - se la saco con la boca, total después la escupo.

Y se prendió entre sus piernas. Escupió en el suelo la suciedad del pene y volvió a succionar con fuerza. Sintió como el pene del hombre respondía bien.

- …ah…ah…bueno - dijo el cliente - me parece que me estoy calentando de nuevo…que bien que la chupás…

La Negra jugaba con el miembro en su boca, succionándole la cabeza, después bajando hasta apoyar sus mejillas contra los testículos. Luego volvía a enterrárselo entero en la boca y a bajar y a subir sobre el miembro, ya excitada por su mismo trabajo. La respiración del hombre se hizo entrecortada. Daba exclamaciones de placer. Ella sintió que ya estaba muy cerca. De pronto golpearon la puerta del baño. La Negra se detuvo y quedó inmóvil.

- ¡Golpean la puerta! - exclamó el hombre.
- Cállese, no hable... - susurró la Negra. Luego preguntó con voz firme - ¿Quién es? ¡Está ocupado!
- ¿Negra? ¿Sos vos? - se escuchó desde el otro lado de la puerta la voz de Susana – Dejame entrar que te cuento. El trompa está hecho un hijo de puta. Sabés que le pedí...
- Escuchame, Susana - la interrumpió la Negra - te veo después, ahora no puedo.
- ...bueno, bueno - dijo Susana, algo sorprendida - ¿estás bien?
- Sí, todo está bien, no te hagas problemas - respondió la Negra.
- Entonces después te cuento... - dijo Susana.
- Sí, chau... - la despidió la Negra. Se volvió hacia el cliente - Es Susana - le dijo - somos compañeras de trabajo y vivimos juntas en un mismo hotel. El hombre había quedado exhausto. Su pene estaba fláccido otra vez.
- Sí...mirá... - dijo, señalando su miembro - yo con todo esto ya no sé si puedo terminar.
- Pero no es culpa mía - se defendió la Negra - Yo hice todo lo que me pidió y hasta más... Ud. me prometió mil pesos...
- No te hagas problemas por la plata - dijo el cliente mientras se subía los pantalones - ya te la ganaste.
    Sacó de su bolsillo un fajo de dinero y le extendió un billete de mil pesos.
- Ahora tenemos que salir del baño con cuidado, para que no se den cuenta - dijo la Negra, guardándose el dinero en el sostén - Salga Ud. primero.
- ¿Sabés que sos muy buena? - dijo el hombre, mirándola con cierta ternura - Mirá, te dejo mi tarjeta - y le entregó una tarjeta pequeña y blanca - cuando tengas tiempo y ganas de hacerte unos pesitos extras, fuera de esta inmundicia, llamame por teléfono. Pago bien.
- Bueno, gracias - dijo la Negra, guardando la tarjeta.
El hombre abrió la puerta y se fue primero. La Negra se arregló la ropa, salió con tranquilidad y se perdió entre el gentío del salón, en dirección hacia la barra.

Momentos después vio a Susana que despedía a su cliente; la llamó con un gesto. Susana se acercó a la barra donde estaba su amiga.

- ¿Qué estabas haciendo en el baño? - le preguntó.

- Me hice un trabajito extra con un cliente - respondió la Negra.

- Tené cuidado - le advirtió su amiga - si te agarra el trompa… Acordate cuando la descubrieron a la Rita trabajando con el rico ese de Duperial sin decir nada…le dieron una paliza que casi le rompen todos los huesos.

- No, yo nunca lo hago - dijo la Negra - Me lo propuso el cliente, fue una excepción.

- Yo le pedí al trompa si me podía quedar con las extras en caso que me fuera con alguno esta noche - le confió preocupada Susana - le dije que mi pibe estuvo enfermo y todo eso, y el hijo de puta no aflojó.

- Es un desalmado, no tiene corazón - contestó la Negra - Pero no te hagas problemas, yo te puedo prestar…

- Por favor, Negra, no… - dijo su amiga.

- Vamos, dejate de joder - insistió la Negra - la salud de tu hijo está primero.

Susana apretó afectuosamente su brazo.

- ¡Ay, Negra, cómo te lo agradezo, sos la única que me comprendés!

- Tanto sacrificio que hacés por ese crío y capaz que el día de mañana cuando te vea, dé vuelta la cara para otro lado y diga que la madre es una puta.

- No, mi hijo querido nunca me haría eso - dijo Susana.

- Lo que tenemos que pensar es en dejar algún día este trabajo - dijo la Negra.

- Yo siempre dije que no es para chicas como nosotras - afirmó Susana.

- Este trabajo no es para nadie - asintió su amiga - El problema es que no sabemos hacer nada. ¿De qué trabajás si lo dejás?

- Lo único que podemos es hacer limpieza - dijo, con sorna, Susana.

- Y no ganás ni para pagar la pieza de una pensión.

- Aparte - dijo Susana - ¿a vos te parece que podríamos vivir como sirvientas, después de trabajar como…como acompañantes?

- Vamos, Susana - sonrió la Negra - si lo que hacemos es ponerla.

- Somos como cualquier otra mujer - se defendió Susana - Yo espero casarme algún día.

La Negra no respondió. Volvieron a abrirse las puertas vaivén del cabaret y entraron dos hombres. El barman se acercó a ellas.

- Vamos, chicas, a trabajar - dijo con un tono de voz muy amanerado - Entraron más clientes.

- Está bien, Totito - respondió Susana, disponiéndose a ir al encuentro de uno de los hombres - Hoy estás hecho una ricura.

- ¡Ay, qué venenosas! - dijo el barman, haciendo un gesto de rechazo.

- Bueno - continuó Susana - no te enojés, amorcito…

En el cabaret quedaban ya muy pocos clientes. La mayoría de las coperas estaban desocupadas. La orquesta hacía su última entrada y el cantante de boleros repetía una misma melodía desentonada. Susana se acercó a la Negra, que estaba buscando algo en su cartera.

-¿Ya te vas, Negra? - le preguntó.

- Es que están por cerrar, me voy a casa.

- Yo tengo que ir al mueble con el tipo ese - dijo Susana, señalando hacia una mesa del salón donde aguardaba un hombre solo.

La Negra miró hacia donde indicaba su amiga.

- Es bastante joven, no está mal - acotó.

- Para decirte la verdad - aseguró Susana - me calienta, pero estoy tan cansada…

- Te veo más tarde - dijo la Negra, despidiéndose - Entrá sin hacer ruido y no me despiertes.

- Bueno, chau - dijo Susana. Y caminó hacia la mesa donde la esperaba el cliente.

Cuando Susana salió del cabaret con el cliente, la Negra iba caminando hacia la esquina a buscar un taxi. El hombre que estaba con Susana le indicó un automóvil estacionado frente al cabaret, un sedán de cuatro puertas, bastante nuevo.

- ¿Esa chica que sale sola es amiga tuya? - le preguntó.
- Sí - respondió Susana - es la Negra.
- Porque a veces es muy interesante hacer una fiestita entre tres o cuatro.
- Como prefiera, señor - dijo Susana - si quiere la llamo.
- No - respondió el hombre - por ahora está bien, estoy caliente con vos.

Le abrió la puerta y la hizo subir al auto. Anduvieron por Avenida Belgrano hacia el norte; el hombre conducía en dirección a Alberdi. Era un individuo de más de treinta años, de cuerpo voluminoso. Las calles arboladas se sucedían rítmicamente bajo la luz artificial de los focos. Era muy tarde y las calles estaban desiertas.

- ¿Cómo empezaste a trabajar en esto? - preguntó el cliente.
- ¿Diga? - reaccionó Susana, sorprendida.
- No te ofendás... - dijo el hombre - cómo empezaste en la noche, en el cabaret.

Susana se quedó en silencio por un breve momento y después le respondió.

- Cuando vine a la ciudad trabajaba de sirvienta para una familia rica. Mi hermana en esa época era copera...

- ¿De qué pueblo eras?
- Yo nací en Lucio V. López, a dos horas de colectivo de Rosario. Como le iba contando, la familia esa tenía hijos de mi edad y cuando la madre no estaba en la casa, ellos traían a sus amigos y entre todos jugaban conmigo. Yo no sabía si quejarme a la señora, pero tenía miedo de que me echaran. Una vez eran como diez y me la dieron entre todos, por delante y por detrás, se las tuve que chupar, yo tenía sólo quince años. Me acuerdo que uno me pellizcó las tetas hasta lastimármelas...
- Los senos - la corrigió el hombre.
- ¿Cómo? - preguntó Susana.
- Decí los senos, no las tetas - repitió.
- Al final me quedé preñada y me tuve que ir - continuó Susana - y no sabía quién había sido, si los hijos de la señora o los amigos de los hijos. Así que mi hermana me ayudó hasta que tuve a mi pibe y pude trabajar. Desde entonces estoy en el cabaret y a mi hijo lo crío en un Internado muy caro.
- ¿Y cuántos años tenés ahora? - le preguntó, pasándole un brazo por el hombro.
- Dieciocho - contestó Susana.
- ¿Dieciocho nada más? - repitió el hombre, incrédulo.
- Sí, parezco más grande pero tengo sólo dieciocho. En este trabajo una se avejenta mucho.
El hombre la miró y sonrió con ironía.
- Es un trabajo, pero también un arte - dijo.
- ¿Qué me quiere decir? - preguntó Susana, devolviéndole la sonrisa y acercándose al hombre.
- Que hay que saber ponerla con arte - dijo él.
- ¿Se está calentando? - preguntó Susana.
- ¿Por qué no me tuteás? - pidió el hombre.
- No me acostumbro a tutear a los clientes, y a mi amiga la Negra le pasa lo mismo.
El auto andaba ahora por una calle arbolada de casas bajas. Se sentía el aire fresco de las afueras.

- Ya pronto llegamos - dijo el cliente, y le puso la mano sobre la falda - ¿Por qué no me agarrás la palanca de cambios? - pidió.

Susana reaccionó con una sonrisa e introdujo su mano en la bragueta.

- ¿Así?...¿se la pongo en primera?
- Sí, por favor.

Susana empezó a acariciarle el pene. El hombre estaba muy excitado.

-¿Y si quiero frenar cómo hago? - dijo Susana.

- Me apretás un poco los huevos - bromeó el cliente, lanzando una carcajada.

- Ud. es muy divertido, sabe - dijo Susana, riendo también.

El auto se detuvo frente a un chalet.

- Ese chalet que está ahí es mío, ya llegamos - dijo él - Voy a meter el auto en el garaje, así no le agarra el rocío.

- Qué linda casa - dijo Susana - Ud. debe ser rico.

- Tengo un negocio, no me va mal - respondió el hombre - Dame un beso.

Susana lo besó. Él bajó del auto y abrió el garaje. Cuando regresó al auto, Susana se había desprendido el sostén y sus senos abundantes emergían sensuales. El hombre hundió el rostro en los pechos de Susana.

- Humm...tus senos son duros, me gustan - dijo.

- Mis senos... - susurró Susana.

- Senos, sí - insistió él - ¿cómo les vas a decir tetas?

El cliente deslizó sus manos bajo la falda de Susana y ella le palpó el miembro sobre la bragueta. Luego le aferró el pene y subió y bajó la mano que había apoyado sobre el glande, masturbándolo.

- Yo siempre tengo la fantasía de coger en el auto - dijo el cliente.

- Pero es incómodo - comentó Susana, que tenía los dedos de la mano del hombre hundidos en su vagina, jugando con sus labios.

- No, mirá...¿ves? - dijo él, bajando una palanca - el asiento se reclina.

El asiento del auto se fue hacia atrás hasta quedar casi horizontal. Susana no salía de su estupor.

- ¡Huy, qué bárbaro - dijo ella - este auto debe ser norteamericano!

El cliente le subió la falda y, haciéndole abrir las piernas, la colocó encima suyo. Susana quiso moverse pero se golpeaba contra el volante.

- De lo único que tenés que tener cuidado es de no meterte el volante en el culo.

Susana rió a carcajadas.

- ¿Y la palanca de cambios? - dijo, mientras se introducía el pene en la vagina.

- Esa te la metés aunque no quieras.

Ella siguió riendo.

- ¿Y la palanca suya?

- Esa la tenés adentro - dijo el cliente - La tenés metida hasta el fondo, hasta los huevos.

- Mire que si se la manoseo se la voy a dejar como pelota pinchada - dijo Susana, pasando su mano por la boca de su vagina y acariciándole el pene y los testículos.

El hombre se rio.

- Pero lo tenés que hacer con clase - dijo, ayudándole con sus manos a levantar y bajar la pelvis para que su miembro tuviera más roce contra la vagina.

- Eso me falta - dijo Susana, que estaba muy excitada - Es mi trabajo después de todo.

- Y tu vocación también. ¿Te gusta que te la den?

- Cuando es un macho como vos, me gusta mucho - dijo ella, respirando agitada.

- Yo no tengo nada especial.

- Sos buen mozo, fuerte… - dijo Susana.

El hombre empezó a mover bruscamente sus caderas hacia la pelvis de ella.

- Sí…movete así - dijo Susana, llena de gozo.

- Estoy un poco gordo - objetó él.

- No, solamente un poco fornido…movete así…

Susana echó su torso hacia delante hasta que sus senos tocaron el pecho del cliente, que se los aferró con fuerza con las dos manos.

- Yo te levanto por los senos…o por las tetas, bah… - se corrigió, riéndose.

- Tetas, así me gusta más.

- Eso, muy bien…bueno…bueno - dijo él.

Susana se movía con frenesí. Estaba increíblemente excitada.

- Hacía tiempo que no me calentaba así - dijo.

El hombre le aferró las caderas y el roce de los órganos sexuales se hizo cada vez más brusco. El se fue crispando.

- Ya estoy por acabar - dijo.

Lo sacudieron varios espasmos seguidos.

- ¿Y? - dijo Susana, que interrumpió el movimiento tan pronto como él se sosegó.

- Me vine todo, no me quedó nada adentro.

- Quédese quieto, quédese quieto - dijo ella - ...descanse...

- ¿Vos no querés acabar? - le preguntó él.

- Por mí no se haga problema - contestó Susana - saliendo de la incómoda posición y echándose en el asiento a su lado - Yo estoy trabajando.

- Bueno, como quieras - dijo él.

El hombre se quedó quieto por unos minutos, el cuerpo completamente relajado.

- Vamos hacia adentro de la casa - dijo después - tengo un poco de frío.

El auto había quedado detenido frente al garaje. El hombre lo entró, bajaron y pasaron a la casa.

- Mirá lo que tengo - dijo el cliente, abriendo el cajón de la cómoda del dormitorio - lo compré en una casa especial de pornografía en Nueva York.
- ¿Visitó Nueva York? - preguntó Susana, mirando el objeto que él le señalaba dentro del cajón.
- Esta es una pija de plástico - dijo él, tomándola entre sus manos - ¿ves qué grande es?...y te la ponés con estas correas - la dejó y tomó otro de los objetos - Estos son electrodos que se colocan sobre las tetas y te provocan un cosquilleo que te vuelve loca de placer. Esta - dijo, indicando una cuerda - es una soga de seda para atar a la persona. Con esta boca de plástico...
- Oiga, diga - lo interrumpió Susana - Ud. me va a asustar.
- No, escuchame - se defendió el hombre - yo te los muestro porque te tengo confianza, pero eso no quiere decir que vayamos a usar todo esto.
- Ah, bueno - dijo Susana - además, con aparatos especiales es extra.
- Sí, yo te lo pago adicional - dijo él - Cuando cumplen conmigo, yo también cumplo.

Susana lo miró sin responder. El cliente empezó a quitarse las ropas. Después la ayudó a sacarse su vestido ajustado.
- Bueno, vamos a empezar - le dijo al cliente - Ponete la pija de plástico.

Susana lo miró con asombro.
- ¿Me la pongo yo? - preguntó.
- Sí, ponetelá - repitió él.

- Está bien... - dijo, y agarrando el enorme pene de plástico se lo colocó frente a su vagina.

El cliente le ayudó a atarse las correas. Después fue hasta la cama, se arrodilló y echó el torso hacia delante.

- Ahora metemelá... - le pidió.

- ¿No le voy a hacer doler? - dijo Susana, viendo el gran tamaño del pene.

- No, me gusta, me gusta... - dijo él.

Ella apoyó el pene sobre el ano e hizo fuerza hasta que el ano cedió y el pene fue entrando lentamente.

- ¿Así...? - preguntó Susana.

- Sí...ah... - aceptó el hombre, emitiendo vagidos de dolor - Decime cosas - le pidió.

- ¿Qué cosas? - le preguntó Susana.

- Insultame - dijo él.

- ¡Estúpido, idiota!

- Así no, decime puta - dijo el cliente.

- ¡Puta, maricón, reventado - exclamó Susana, y empezó a mover la pelvis con brusquedad, penetrando al hombre con el pene plástico hasta que el hombre se sacudió de dolor y placer - asqueroso, no te da vergüenza - siguió Susana - ¡Te voy a poner el culo rojo como un tomate!

- ¡Sí, sí! - pidió él - reventame todo por dentro!

El hombre, sin cambiar su posición, comenzó a manosearse el pene con la mano derecha, mientras reclinaba el peso de su cuerpo sobre el codo izquierdo.

- ¿Cómo vas a acabar? - preguntó Susana.

- Mientras vos me la das, yo me manoseo - dijo el cliente, que ya experimentaba contracciones cercanas al orgasmo - Seguí serruchando - le ordenó - ya acabo.

Prorrumpió en dolorosos vagidos hasta que todo su cuerpo cayó hacia delante, arrastrando a Susana detrás de él.

- Sacamelá, por favor - le pidió - ¡Cómo me hizo doler!

Susana hizo lo que le pedía y se quedó junto a él.

- ¿Me saco la pija? - le preguntó.

- No, dejatelá puesta, así la chupo - dijo el hombre.

Se volvió hacia ella y succionó las partes del pene donde se habían acumulado restos de materia fecal.

- Mirá que tiene mierda - le advirtió, incrédula, Susana.
- Me gusta…me gusta… - dijo él.

El hombre se incorporó y tragó la saliva.

- ¿Y por qué no te traés a un tipo para que te la dé? - dijo Susana, asqueada.
- No, solamente lo hago con mujeres - respondió el hombre - Con los tipos no me gusta. Yo soy heterosexual.
- ¿Puedo descansar? - preguntó Susana.
- Sí… - dijo él, y se tendió en la cama con los ojos entrecerrados.

Susana se quitó las correas del pene plástico y se acostó a su lado. Así dormitaron por un rato.

Susana casi llegó a dormirse. De pronto entreabrió los ojos y vio que el cliente estaba arrodillado a su lado.

- Ahora te la doy yo a vos - le dijo.

- ¿Con la de plástico? - inquirió ella.

- Sí, te va a gustar mucho más que la mía - dijo el hombre - La tengo chiquita.

La introdujo con fuerza. Ella dejó escapar una exclamación de placer.

- Ah…es grande de verdad - dijo Susana, moviéndose sensualmente - Nunca la había probado antes.

- ¿La gozás? - preguntó él, penetrándola y observando el placer de Susana. El hombre la poseyó de manera rítmica y continuada; Susana se movía febrilmente, abría y cerraba los muslos, hasta que finalmente echó las piernas hacia atrás, apoyándolas sobre los hombros de él para que la penetrara más profundamente.

- …estoy por acabar - exclamó Susana, agitada - ¿cómo tan rápido?

- Porque tiene unas protuberancias en la punta que te provocan más roce contra el clítoris - explicó el cliente, sin dejar de penetrarla.

- Lo que sea - dijo ella, haciendo movimientos suavemente circulares con la pelvis para sentir el roce en los labios de la vagina - Me vuelvo loca. ¡Pegame, pegame! - le pidió.

- ¡Tomá - exclamó él, golpeándola con la palma de la mano y pellizcándole los senos - tomá guacha, puta!

- ¡Ay, ay, soy una puta, soy una puta! - gritó Susana, agitándose con vehemencia.

- ¡Puta, puta! - repitió él.

Susana bruscamente se detuvo y prorrumpió en un sollozo.

- ¡Puta y mala madre…! - exclamó - Ay…

Y desbordó en un llanto sorpresivo. Bajó las piernas, que estaban apoyadas sobre los hombros del cliente y él le sacó el pene que le había clavado hondamente en la vagina.

- No llores…¿qué te pasa? - le dijo.

Susana siguió llorando sin poder contenerse. El llanto agitaba todo su cuerpo.

- Está bien - dijo el hombre finalmente - descansá un momento que se te va a pasar.

Susana cerró los ojos y pronto dejó de llorar. El hombre se tendió a su lado.

"Es fácil decir no llores…- pensó Susana - ¿a quién le importa si yo lloro? Gordo maricón, la tenés tan chiquita que me hacés reir. Seguro que tu mamá no te quiso cuando eras chico. Mi hijo no va a ser como vos, aunque todos piensen que una no tiene sensibilidad porque no es fina, ni tiene un marido que le pague todo, para quedarse en la casa haraganeando el día entero. Aunque no todas las mujeres son como esas ricas. ¿Y yo qué hago, qué hago? Me gustaría robarte, gordo, ¿sabés que en este momento te odio? Quiero que me devuelvas lo que me sacaron, siempre me sacaron todo y no me dieron nada a cambio. Me dieron el hijo, eso sí, y ahora tengo que mantenerlo. ¿Por qué me preguntaste sobre mi vida, por qué me hiciste acordar de mi hijo? Por eso me agarró esta tristeza. Un hijo es sagrado, ¿sabés?, un hijo es lo más grande que se puede tener en la vida. Una puede ser una cualquiera, puede haber crecido en la calle donde todo se aprende mal, donde todo se aprende al revés, pero un hijo siempre es un hijo, y una tiene por quien vivir. ¡Ay, Dios quiera que Juancito esté bien!"

El hombre, excitado, ante la pasividad y la tristeza de Susana, empezó a acariciarla y besarle los senos.

"¿Y ahora, qué quiere este boludo? - pensó Susana - ¿Otra vez me va a serruchar?...justo ahora que me vino este pesar y no tengo ganas de nada... Después, seguro que me va a pedir que se la dé con la pija de plástico. ¡Qué gordo degenerado! Yo haré la calle, pero al lado de este gordo soy una santita! Y así y todo será un señor, y le abrirán las puertas de los taxis. Bueno, no tanto, que no es Anchorena. Pero debe ser lindo ser así de rico, tener un auto norteamericano. ¡Ay, despacio que me aplastás, gordo! Y si te robo, ¿qué? ¿Qué guardás en la mesa de luz, habrá guita? El gordo debe tener guita guardada en todas partes."

Susana empezó a responder a las caricias. El hombre estaba excitado. Le palpó el miembro. El hombre trataba de subírsele encima. Susana extendió la mano y oprimió la perilla de la luz. La habitación quedó a oscuras.

- ¡Eh, por qué apagaste la luz? - dijo él.
- Así te hago gozar más - respondió ella, acomodándoselo entre las piernas - la luz me frena.
- Qué te va a frenar - dijo él, incómodo, pero creyendo que se trataba de un juego - Yo te voy a dar con mi rebenque en el culito para que corras a todo galope, mi yegua.

La penetró, poseyéndola con fuerza.

- Bueno - dijo Susana - hágame correr como a su yegua pero no prenda la luz, no prenda la luz que me pongo triste.
- Está bien - dijo el cliente, algo incómodo - pero movete, para eso te pago.

Susana obedeció.

- Sí, querido, tratame bien, que estabas siendo amoroso...mmhhm...mi gordito lindo, ¿te gusta así?
- Ay, mi yegua, no te veo - dijo el hombre, extendiendo la mano hacia la perilla de la luz.
- ¿Pero no me sentís...? - dijo Susana, deteniendo su mano - ¡Dame con el filete!

El hombre se detuvo. Le dio unos chirlos en las nalgas y después le oprimió los pechos.

- Dejá que te apriete las ubres, mi yegua, que llegamos primero...
- ¡...aayyy! - exageró ella - ¡ay, mi macho, que me reventás!

El hombre siguió moviéndose con una lentitud que indicaba su cansancio.

"Dale, gordo boludo - pensó Susana - seguí serruchando, te creerás que sos Tarzán, pero con ese maní no jodés a nadie, viejo. Si no fuera porque sos un cliente te diría lo que sos: un entecado, eso sos...Y pensar que cuando estábamos en el cabaret me calentabas. Pero te me viniste al piso, a mí me gustan las cosas al natural, eso de las pijas de plástico yo no me lo trago - Susana logró introducir su mano derecha en el cajón de la mesa de luz y sintió el tacto de papeles - No vas a prender la luz ahora, gordo, lo hago por mi pibe, pobrecito...Dios me lo guarde sano... - su mano tocó algo más suave - Sí, aquí agarré algo de guita."

El hombre empezó a contraerse, ya estaba pronto al orgasmo. Susana retiró la mano de la mesa de luz. El cliente eyaculó sin demasiada vehemencia.

"Ahora que acabaste podés prender la luz si querés, macho...está bien...ni te vas a dar cuenta...yo me voy al baño..."

El hombre encendió la luz. Susana se incorporó en la cama.

- Voy al baño - le dijo.

Susana abrió apresuradamente la puerta de la habitación del hotel. Se acercó a la cama donde dormía la Negra y la tomó por el brazo.

- ¡Negra, Negra, despertate…! - le dijo.

La Negra entreabrió los ojos, sorprendida y miró a Susana.

- ¿Qué pasa, qué hora es? - preguntó.

- Son las siete de la mañana - dijo Susana - Negra…me mandé una cagada.

La Negra reaccionó de golpe.

- Contame…¿qué hiciste? - dijo, incorporándose en la cama.

- Le robé al tipo ese trescientos dólares - contestó Susana.

La Negra se llevó las dos manos a la cabeza.

- ¿Cómo, estás loca?

- Estábamos serruchando - contó Susana - le dije que apagara la luz y metí la mano en el cajón de la mesa de noche a ver si encontraba plata. Sentí que agarraba algo bueno. Cuando terminó lo saqué de encima mío y me guardé el rollito de guita en la concha: el tipo prendió la luz, me fui al baño. Ví que eran dólares. Me vestí. Le avisé que me iba. El me pagó bien lo que me debía y salí. Y aquí estoy. Ahora me doy cuenta que hice una cagada. El tipo me va a ir a buscar al cabaret.

-¿Y si te denuncia a la policía?- interrogó la Negra, alterada.

- Me tengo que ir, me tengo que escapar… - dijo Susana, bajando la vista.

- ¿Por qué lo hiciste? - preguntó la Negra.

- No sé… - dijo Susana - estaba como desesperada, pensando en mi hijo.
- Te dije que yo te daba la plata - la reprendió la Negra - Allí la tenés, sobre la mesa - y señaló una mesa grande que estaba en el centro de la habitación.
- ¡Gracias, gracias! - dijo Susana, sollozando - Yo pensé que para vos era un sacrificio tan grande.
- No es para tanto - se compadeció la Negra - Pero si empezás así vas a terminar mal. No podés sacar plata de esa manera, a un tipo que sabe donde encontrarte.
- ¿Y qué hago ahora?
- Andá a la casa y devolvésela, antes que te denuncie a la policía - dijo la Negra.
Susana la miró asustada.
- No puedo - dijo - me va a romper la cara.
- Andá y rezá que no pase nada.
- Sí - se resignó Susana - no hay otro remedio.
- Y otra vez no seas boluda - le aconsejó su amiga - o vas a terminar en cana. Yo ya estuve encerrada y no te lo recomiendo.
- Está bien - dijo Susana - voy a la casa y le devuelvo la guita; el tipo todavía debe estar durmiendo. Te veo más tarde.

Cuando Susana salió la Negra volvió a apoyar la cabeza sobre la almohada. Entrecerró los ojos y trató de dormirse.
"Esta Susana me da miedo - se dijo, mientras conciliaba el sueño - va a terminar metiéndose en problemas… Con esta vida que llevamos nosotras no podemos andar jodiendo… Es muy joven, le falta experiencia… también con lo del hijo… Pobre Susana, se desespera y se ahoga en un vaso de agua…"

Cuando Susana volvió la Negra ya estaba levantada. Se estaba arreglando el cabello y sintió la puerta que se abría.

- Susana, ¿sos vos? - preguntó sin volverse.

- Sí, Negra, soy yo.

- ¿Qué pasó?

- Todo fue bien - explicó Susana - El tipo estaba durmiendo. Le dije que me había olvidado mi pulsera en el baño. Me dejo pasar y puse los trescientos dólares en el botín del baño. Le va a parecer raro encontrarlos ahí, pero por lo menos no me va a ir a buscar al cabaret para fajarme.

- Bueno, menos mal - dijo la Negra, volviéndose hacia su amiga. La vio muy demacrada.

- Ya es casi mediodía - dijo Susana - no doy más, estoy muerta de sueño. Me voy a acostar. Despertame para ir al cabaret.

- Dormí tranquila - contestó la Negra.

Susana se quitó el ajustado vestido de noche y cayó rendida sobre su cama.

- Susana, despertate - dijo la Negra, sacudiendo a su amiga por el hombro.
- Eh…¿qué hora es? - preguntó Susana.
- Son las cinco y media de la tarde.
- Es temprano todavía - dijo Susana - dejame dormir.
-No, despertate - insistió su amiga - Te llamaron del internado donde está tu pibe.
- ¡Sí…ay! - reaccionó Susana - ¿qué dijeron?
- No sé, yo no hablé con ellos, le dejaron un mensaje al encargado del hotel.
- ¿Y qué le dijeron - insistió - qué mensaje dejaron?
- Pidieron que pases por ahí - dijo la Negra - Tienen que hablar con vos.
     Susana se sentó en la cama y se echó el cabello hacia atrás.
- Seguro que me van a pedir un montón de plata - dijo - Van a decir que gastaron mucho con la cuestión de la enfermedad. Yo no sé qué voy a hacer.
- Bueno, no te preocupés antes de tiempo - dijo la Negra - Además…para algo somos amigas. Yo ya te dije que te daba plata.
- ¿Pero vos te creés que va a alcanzar?
- No te adelantés a lo que pueda pasar. Vos andá y hablá con el Director del Internado.
- Es una monja - dijo Susana - y me parece una fayuta. Esas que le andan prendiendo velitas a la virgen todo el día a mí me dan mucho que pensar.

- Seguro que les gustan los machos como a todas, pero le tienen miedo a la que te dije - comentó con sorna la Negra.

- ¿Vos creés? - preguntó Susana - Se deben hacer culear por cualquiera, por el primero que les cae a la mano.

La Negra se puso súbitamente seria y tomó a su amiga por los hombros.

- Susana - le dijo - es importante que te tomés las cosas con calma y te quedés en el molde. Andá al Internado y averiguá qué quieren, capaz que te estás haciendo problemas sin razón.

Fue hasta su cartera, sacó un fajo de billetes, los juntó con los que había dejado en la mesa y los puso en la mano de Susana.

- Tomá esta plata - agregó.

Susana la abrazó.

- Gracias, Negra. Sin vos yo no sé qué haría. Sos la mejor amiga que tengo.

- Para eso están las amigas - dijo la Negra - en las buenas y en las malas.

Susana ingresó en el edificio del Internado. Caminó por los pasillos, entre religiosas vestidas de hábito blanco. Una Hermana le indicó la oficina de la Administradora. La religiosa la hizo pasar y le indicó que se sentara.

- Soy Susana Peralta, Hermana - se presentó.

- Sí, señora, ¿qué desea? - preguntó la religiosa.

- Vengo a ver cómo está mi hijo Juancito. Es un nene muy menudito…

- Sí, sí, ya lo recuerdo - dijo la monja - Nosotras llamamos para que Ud. viniera. Su hijo es el nene que estuvo enfermo. ¡Qué trabajo nos dio, señora, estuvo muy mal!

- ¿Y cómo está ahora, está bien?

- Sí - respondió la Administradora - Gracias a la atención médica que ha recibido ya está en perfectas condiciones. Le hemos dado la mejor atención, se le hizo una revisación general con análisis de sangre, recuento de glóbulos, análisis de orina, electrocardiograma…

- ¿Electro? - la interrumpió Susana - ¿No le puede dar una descarga, hermana? ¡Los chicos son tan imprudentes, meten los dedos en los enchufes!

- No, señora - dijo la religiosa, mirándola con suspicacia - ahora está muy bien. ¿Vino Ud. con su marido?

Susana se movió en la silla con incomodidad y se arregló el satinado vestido de noche que llevaba puesto.

- No - dijo - mi marido está trabajando. Un viaje de negocios por el extranjero.

- Ah, comprendo - dijo, incrédula, la Administradora - En la ficha que tengo sobre Ud. y su familia consta que Ud. trabaja. De secretaria.

- Sí, Hermana, secretaria.

- Secretaria bilingüe.

- Sí, biguingüe - se equivocó Susana.

- ¿Cómo? - interrogó la monja - ¡Bilingüe…!

- Sí, bilingüe - dijo Susana.

- Ah- explicó la religiosa - le había entendido biguingüe.

- No - aclaró Susana - yo dije bilingüe, de bi como bi, lin como lin, y güe como güeso.

- Ud. querrá decir hueso - la corrigió la monja.

- Sí, señora.

- Sí, Hermana - rectificó la Administradora.

- Sí, Hermana- repitió Susana.

La Administradora la observó en silencio por un momento. Susana no estaba maquillada, pero su apretado vestido de noche resultaba muy llamativo.

- ¿Puedo ver a mi hijo? - pidió Susana.

- ¿Secretaria bilingüe? - dijo la monja - How are you? Are you all right? Do you want to see your son?

- ¿Cómo dice? No le entiendo.

- Pero cómo - dijo la monja, con una sonrisa de triunfo - ¿no dijo que era secretaria bilingüe?

- Sí - respondió Susana - pero esa lengua no la hablo, Hermana.

- Esa lengua es inglés, Sra…

- Sra. Peralta, de Peralta - dijo Susana, visiblemente contrariada.

- Es inglés, Sra. de Peralta.

- Soy secretaria, pero no de inglés.

- ¿Y de qué lengua?

- De…guaraní - respondió Susana.

- ¿Guaraní - exclamó burlonamente la religiosa - lo que hablan los indios allá en el Chaco? Eso no es una lengua, ¡por favor!

Susana contuvo su rabia.

- ¿Puedo ver a mi hijo? - insistió.

- ¿A su hijo? - dijo despectivamente la Administradora - Tiene que hablar con la Madre Superiora.

- Mirá - dijo Susana, levantándose de la silla - estoy perdiendo la paciencia, qué tanto joder.

- ¡Señora! - exclamó, defensiva, la monja.

El rostro de Susana se congestionó.

- Déjeme de romper las bolas con finuras - dijo con rabia - entrégueme a mi hijo, para eso me reviento trabajando y le pago todos los meses.

- ¿Cómo le habla así a una religiosa? - dijo la Administradora con indignación - ¡por el amor de Dios!

- ¡Vieja puta - exclamó Susana, fuera de sí - te voy a dar un cachetazo!

- ¡No se atreva a levantarme la mano! - dijo la monja, retrocediendo hacia una puerta en el extremo de la oficina - ¿qué clase de mujer es Ud.? ¡Ud. no respeta a nadie, ni siente temor de Dios!

- ¡Qué sabe Ud.! - gritó Susana con rabia - Si yo le contara mi vida… ¡pero Ud. qué puede entender, qué sabe lo que es ser mujer!

- Me niego a seguir hablando con Ud. - dijo la administradora, abriendo la puerta - Dios la va a castigar. ¡Adiós!

Susana se quedó sola en la oficina, sin saber qué hacer. Volvió a sentarse. Pasaron varios minutos. La puerta se abrió nuevamente y apareció una monja entrada en años, de baja estatura y bastante robusta.

- Soy la Madre Superiora - se presentó - Le informo que en este Internado no se entregan niños sin una orden del Juez que especifique el estado civil y la legitimidad de los progenitores - dijo con agresividad.

- Yo soy la madre legítima - replicó Susana. Miró a la monja con desesperación - Permítame verlo, Hermana, Madre, no me puede negar eso.

- Ud. insultó a la Hermana Administradora - dijo la Superiora- no me puedo fiar de Ud., es una mujer fuera de sus cabales. Vaya a saber cómo se gana la vida.

- ¡Por favor, por favor! - suplicó Susana - ¡Traje dinero!

-¿Trajo dinero? - dijo la Superiora.

-¡Sí, sí!- insistió Susana.

- A ver, muéstremelo - ordenó la monja.

Susana abrió su cartera y sacó un fajo de billetes.

- Aquí lo tiene - dijo, entregándoselo a la monja.

- A ver, cuánto es... - dijo la Superiora, extendiendo los billetes y contándolos.

Susana buscó en su cartera y sacó algunos billetes más.

- Tómelos todos, no los quiero - sollozó - Déjeme ver a mi hijo.

- Bueno - respondió la Superiora, echándole una mirada de lástima - siéntese ahí un momento. Se le va a permitir una visita.

Susana rompió a llorar. La Superiora se guardó el dinero y se dirigió hacia la puerta.

- ¡No llore! - dijo antes de salir - Si llora no le puedo dejar que vea a la criatura.

41

Un rato después la condujeron hasta un salón amplio, de paredes blancas y asépticas, sin ningún mueble. Allí la dejaron sola por un momento. Se abrió una puerta en el otro extremo del salón y apareció una Hermana enfermera con el niño en brazos. Susana caminó hacia ella y tomó a su hijo.

- Hijo, mi hijo, dejame que te bese.

El niño respondió con sonidos guturales.

- ¿Todavía no has aprendido a hablar? - dijo Susana - Sé que estuviste enfermo, pobrecito.

Lo abrazó contra su pecho. El chico emitió un ronquido extraño.

- Sí, yo sé que me querés mucho - dijo Susana - yo también te quiero, hijito de mi alma. ¿Vas a salir a pasear con tu mamita?

El chico dejó caer una baba espesa y la madre lo limpió con su pañuelo.

- Te voy a llevar a la plaza para que juegues con los otros chicos, te compraré un globo y una pelota para que aprendas a patear, y algún día seas un jugador de fútbol famoso.

El chico hizo una mueca y extendió sus bracitos hacia la cara de Susana.

- ¡Se ríe, se ríe - exclamó Susana - mi hijito querido, tan hermoso él! ¡Va a ser buen mozo como su padre!

Lo besó con cariño, lo sentó en el suelo y trató que se parara solo. Como no lo logró, lo puso de pie, lo apoyó contra la pared y se alejó unos pasos de él.

- Vamos a jugar - le dijo - Vos ahora caminás hacia mí. Vení…

Le hizo un gesto con la mano, y el niño, como si entendiera, dio unos pasos vacilantes.

- Sí…así…muy bien - dijo Susana - así.

El niño finalmente cayó de bruces y Susana se acercó a levantarlo.

- ¿Qué hace, señora? - protestó la enfermera - ¿Cómo lo ha dejado caer así, lo quiere lastimar?

- Disculpe, Hermana - dijo Susana - quería jugar con él.

La religiosa enfermera tomó al niño en sus brazos.

- Ahora tiene que acompañarme - le dijo a Susana - El médico quiere hablar con Ud.

- ¿Hay algún problema, Hermana?

- No - respondió la enfermera, echándose a caminar con el niño en brazos - acompáñeme.

Susana la siguió por las galerías del Internado. La enfermera se detuvo ante una oficina, golpeó la puerta y la hizo entrar sola. La recibió un hombre muy alto, de pelo rubio con corte militar.

- Siéntese, Sra., soy el Dr. Werner - se presentó.

- Sí, Dr. ¿qué pasa? - lo interrogó Susana, preocupada.

- Le quiero hacer algunas preguntas, señora.

El médico tenía ante sí una carpeta abierta.

- ¿Qué edad tiene Ud.? - dijo.

- Dieciocho.

El Dr. Werner anotó en la carpeta.

- ¿Hay algún caso de alcoholismo en su familia o en la de su marido?

- En la de mi marido no sé - contestó Susana.

- ¿Y en la suya? ¿Ud. bebe?

- De vez en cuando.

- ¿Bebía cuando tuvo al niño?

- No, en esa época no bebía.

- Y en su familia, ¿bebía su padre?
- ...sí - dijo Susana, vacilante - pero era bueno...
- Lo sé, señora. ¿Cuánto bebía?
- No sé, no me acuerdo.
- ¿Cuánto?¿Qué bebía?
- Vino.
- ¿Una, dos botellas al día?
- A ver...sí, dos o tres.
- Dos o tres. ¿Y su madre?
- No, mi madre no. ¿Qué pasa, doctor?
El médico levantó la vista del escritorio.
- Bueno, su hijo tiene problemas serios de salud - dijo - Detectamos dificultades graves para el aprendizaje. No creemos que nunca vaya a hablar.
- ¿Cómo? - preguntó ella, aturdida.
- El coeficiente mental de su hijo está por debajo de lo normal - aseguró el Dr. Werner - Aparentemente es una afección congénita, producto de una deformación genética.
- ¡No entiendo nada - dijo Susana, negando con la cabeza - no entiendo nada!
Se cubrió la cara con el antebrazo y prorrumpió en un llanto.
- No llore, señora - dijo el Dr. Werner - nada se arregla con eso.
- Tiene sólo dos años - exclamó Susana, entre sollozos.
- Le hemos hecho pruebas de atención, analizamos cuidadosamente sus reflejos - le aseguró el facultativo - no hay muchas esperanzas por ahora.
Susana se agarró los cabellos con las manos y empezó a mover la cabeza hacia un lado y otro con desesperación.
- Piense, señora, que tal vez pueda encontrarse en el futuro la manera de reparar esta desgracia - dijo el médico, tratando de calmarla - En Estados Unidos se están haciendo estudios para reconstruir funciones mentales dañadas en los lóbulos cerebrales y...en fin, su marido es exportador e importador, ¿no?, viaja por el extranjero, quizá lo puedan llevar a Estados Unidos para que lo operen allá.

El llanto de Susana se hizo más desesperado.

- No llore, señora, no llore - insistió el médico - Su hijo la necesita. Debe decirle a su marido que estas complicaciones han aumentado extraordinariamente los gastos. Debemos atenderlo con una enfermera especializada. Desde este mes la cuenta mensual será de mil quinientos dólares, o lo correspondiente en pesos nacionales.

- ¡Ah, ah! - exclamó Susana, sin dejar de llorar - ¿qué hice para merecer esto?

- Váyase a su casa, señora - dijo el médico, pasándole paternalmente un brazo por sobre el hombro y acompañándola hasta la puerta - Ud. tiene que descansar.

- ¡Hijo, hijo de mi alma! - dijo Susana, mientras se dejaba conducir fuera de la oficina.

Cuando Susana llegó al hotel hacía más de dos horas que había oscurecido. Abrió la puerta de la habitación. La Negra estaba frente al espejo, maquillándose.

- ¡Negra, Negra - exclamó, dejándose caer sobre su cama - no sé que voy a hacer, estoy desesperada!

- Mirá a la hora que venís - le reprochó la Negra, mientras se pintaba los ojos - Andá a cambiarte que tenemos que ir al laburo. ¿Qué te dijeron en el Internado?

- Me quiero morir…

- La Negra volvió la cabeza y miró a su amiga.

- ¿Por qué, pero qué pasa, qué pasa? - preguntó, al verla en ese estado.

- El médico dijo que mi hijo es idiota. Nunca va a aprender a hablar.

La Negra fue hacia su amiga y la abrazó. Susana prorrumpió en un llanto desolado.

- ¿Por qué me tenía que pasar a mí, con todo lo que hice por él?

- Bueno, Susana querida - dijo la Negra, acariciándole la cabeza y tratando de calmarla - a lo mejor en el futuro se puede hacer algo, pueden descubrir algún medicamento nuevo.

- ¡Nada va a cambiar, nada va a cambiar - exclamó Susana - quiero morirme!

- Está bien, llorá, llorá que te va a hacer bien - dijo su amiga, compadecida - Mirá, sacate la ropa y acostate a dormir. Le digo al trompa cualquier cosa.

Le digo que tuviste un ataque de hígado o de apendicitis y que no podés trabajar.

- ¿Por qué a mí, por qué a mí, qué hice de malo?
- Bueno, desahogate - dijo la Negra, mientras la ayudaba a desvestirse.

Susana se introdujo en su cama y la Negra la tapó.

- Dormí - le dijo- Cuando vuelva del cabaret hablamos. Ahora dormí, que te va a hacer bien.

Susana se tranquilizó. Su amiga terminó de maquillarse, tomó la cartera, apagó la luz y salió de la habitación.

"Pobre Susana - pensó la Negra, mientras iba a su trabajo - es lo único que le faltaba. Nada le sale bien. Yo no sé, es como si el mundo estuviera contra ella. ¡Y con lo que le gusta meter la mano en el enchufe! Mirá que salirle el hijo idiota...¡pobrecita! ¡Qué verso voy a tener que hacerle al trompa! Espero que se ponga bien pronto, pero mientras tanto tendré que bancarla yo."

Cuando la Negra regresó esa madrugada, Susana la esperaba despierta.

- ¿Sos vos, Negra? - gritó, apenas oyó la puerta.

- Sí, ¿cómo estás? - dijo la Negra.

- Un poco mejor - respondió.

La habitación estaba toda desordenada. En la mesa había una botella de vino vacía y otra a medio consumir.

- Veo que bebiste… - observó la Negra.

- No mucho - se justificó Susana - Unos vasos de vino, como para no pensar y quedarme un poco tranquila; si no, no puedo. ¿Qué le dijiste al patrón?

- Le dije que tenés apendicitis - respondió la Negra - así que por unos días estás justificada.

- ¿Se lo creyó? - preguntó Susana.

- No sé, pero no me hizo muchas preguntas. La que hace estriptís se iba a sentar con los clientes para reemplazarte, después de cada actuación.

- Esa… - dijo Susana con despecho - con las tetas de plástico.

- Se cree que es la reina del mundo - asintió la Negra.

- ¡Bah…! - dijo Susana, dejándose caer en la cama - Alcanzame la botella.

La Negra hizo lo que le pedía y después se quitó la ropa.

- Me voy a dormir - le anunció.

- Hasta mañana - dijo Susana - …y gracias…

- Susana - la llamó su amiga.

Susana se había quedado dormida con la ropa puesta.

- Susana - repitió - Ya hace tres días que estás borracha como una cuba.

Susana se dio vuelta en la cama, sin abrir los ojos.

- ¿Hasta cuándo vas a seguir así? ¿Qué querés, matarte?

Susana la miró.

- El tipo del Internado me pidió mil quinientos dólares por mes - dijo, con voz grave de sonámbula.

Volvió a cerrar los ojos.

- Ya me lo dijiste - respondió la Negra - ese tipo está loco, es un ladrón. Además…en caso que se los pagaras, lo que de hecho no podés hacer, porque no tenés de donde sacar la guita…¿vos creés que por eso tu hijo se pondría bien?

- No me importa - dijo, sin abrir los ojos - yo quiero tenerlo conmigo.

- No podés, ¿quién va a cuidártelo cuando vayas a trabajar? Además, el chico necesita que lo atiendan los médicos, no ves que no puede hablar ni entender, es como una cosa.

Susana se incorporó en la cama.

- Me voy a casar con un hombre rico - dijo, gesticulando y con la mirada extraviada - Un hombre que me mantenga a mí y cuide de mi hijo.

- ¡Por favor, Susana - gritó la Negra, con enojo - dejate de decir boludeces, estás delirando! Mirá, yo te quiero mucho - agregó - pero me estás volviendo loca también a mí.

- Dejame sola - dijo Susana, tratando de incorporarse, tambaleante - no necesito de nadie. ¡De nadie!

- Sí…de nadie - repitió la Negra, moviendo la cabeza con disgusto - Mirá, discúlpame, pero voy a salir un rato. No aguanto más en esta pocilga.

- Andate, andate, mala amiga - dijo Susana, cayendo sobre la cama - No necesito de nadie, dejame sola.

Pasaron varios días más. La situación no mejoró mucho. Al regresar del cabaret, una noche, la Negra encontró a Susana tirada sobre su cama. En el suelo había varias botellas de vino vacías.

- Susana - le anunció la Negra - el trompa dijo que tenés que volver al trabajo.
- No quiero - respondió, llenándose el vaso.
- No tomés más, por favor, te pasaste toda la semana borracha.
- Dejame en paz - dijo Susana.
- No voy a pagar el alquiler yo sola - dijo la Negra - Te quiero mucho pero no te puedo mantener. No vas a vivir de arriba. Tenés que trabajar.
- No quiero volver al cabaret.

Susana se inclinó para agarrar la botella de vino llena que había dejado en el suelo junto a la cama, pero se resbaló y volcó la botella. La Negra se acercó para ayudarla.

- ¡Ay, Dios mío, levantate…levantate, mirá lo que hiciste, tiraste el vino en el suelo!
- Mi hijo…mi hijo… - balbuceó Susana, dejando el peso del cuerpo muerto.
- No pensés más en eso - dijo la Negra, tomándola por las axilas y sentándola en la cama.
- Es estúpido mi hijo…yo qué hice para merecer esto.
- Vos no tenés la culpa - dijo la Negra, acariciándole el cabello.

- Dame más vino.

La Negra le sirvió vino en un vaso y se lo dio.

- Tomá. Pero tenés que ponerte bien. Olvidate de Juancito.

- ¿Olvidarme?

- Sí, vos no podés pagar lo que te pidió el tipo del Internado.

- Sí, no puedo - asintió Susana, bebiendo todo el vino de un sorbo - ¿Y qué va a ser de él?

- Lo mandan a una institución pública y allí lo crían.

- No, yo sé que van a matarlo - dijo Susana seriamente.

- Pero no, ¿cómo van a matarlo? - replicó su amiga - No pueden hacerlo. Ellos te lo crían y lo tienen bien.

- Yo ya no quiero vivir, tengo un hijo retardado.

- Susana, por favor, tratá de dormir, tratá de ponerte bien - dijo la Negra, abrazándola - No tomés más, te vas a enfermar.

- Gracias por todo lo que estás haciendo por mí… - murmuró.

- No es nada, soy tu amiga y te quiero, pero tenés que ponerte bien, pensá un poquito.

La Negra la ayudó a recostarse.

- Sí, dormí - dijo - eso te va a componer. Y por favor, no tomés más.

- Che, Susana - dijo la Negra, mientras se vestía - El trompa preguntó de nuevo por vos. Si no volvés pronto al trabajo lo vas a perder y vas a tener que hacer la calle.

- No, la semana que viene vuelvo. Aguantame unos días más - pidió Susana.

La Negra asintió mientras trataba de subir el cierre lateral de un vestido ajustadísimo.

- Hoy llamó el tipo ese que te conté - dijo Susana, que estaba bastante sobria.

- ¿Quién?

- El de la pija de plástico.

- ¿Al que le afanaste los dólares? ¿Y qué quiere?

- Quiere hacer una fiestita. A mí me viene bien, ¡con los días que hace que no trabajo!

- Te llama para proponerte una fiestita - dijo la Negra con desconfianza - ¿y no se quedó con rabia contra vos?

- No, dijo que ya pasó todo. Cuando encontró la plata en el botiquín del baño dice que se dio cuenta de lo que había pasado, pero comprendió que lo había hecho en un momento de desesperación. Al devolvérsela demostré que tengo buen corazón. Dice que quiere hacer una fiestita con nosotras dos, con vos y conmigo.

- ¿Yo también?

- Sí.
- ¿Y otro tipo?
- No, él solo. Será alguna de sus manías.
- ¿Y paga bien? - dijo la Negra, preparándose a salir.
- Sí, tiene guita - respondió Susana.
- Bueno, decile que sí, que nos hace falta plata. Mañana vamos.

Besó a su amiga y salió.

Las dos mujeres llegaron al chalet del cliente. El hombre les abrió la puerta.

- Pasen chicas - las saludó - ¿vos sos la Negra? - preguntó, mirándola con simpatía.

La Negra asintió.

- Susana me dijo tu nombre cuando salías aquella noche del cabaret - le explicó.

- Encantada de conocerlo, señor - dijo la Negra, con respeto.

Las hizo entrar. Pasaron por un living muy elegante y les mostró su dormitorio.

- ¿Me desnudo? - preguntó Susana.

- Sí, las dos por favor - dijo el hombre.

- ¿Qué tenemos que hacer, señor? - dijo Susana.

- Estén tranquilas. Voy a poner un poco de música.

- Fue al living y abrió la consola del estereofónico. Enseguida se escucharon los acordes de una música ceremoniosa y profunda. La Negra y Susana se miraron.

- ¿Qué música es esa? - preguntó Susana, sin ocultar su disgusto - Me voy a dormir.

- Es Beethoven - explicó el hombre - una música extraordinaria.

- ¿No tiene algún disco de folklore - pidió Susana –uno de chacareras, que son tan divertidas?

- No, no tengo - dijo el hombre.
- ¡Y bueno! - exclamó Susana, encogiéndose de hombros.
La música evolucionó lentamente. Las mujeres se desnudaron. El cliente a su vez se quitó sus ropas y se acercó a las dos mujeres.
- Acariciémonos un poco - dijo, colocando un brazo sobre el hombro de cada chica y acercándolas hacia sí.
Ellas le acariciaron el pecho suavemente. Susana jugó con su pene y sus testículos. El hombre ya estaba excitado.
- Acaríciense Uds. - pidió él.
- ¿Nosotras, Susana y yo? - dijo la Negra, con sorpresa.
- Sí - confirmó el hombre.
La Negra se arrodilló frente a su amiga y le besó el vientre lentamente; luego subió hasta sus pechos e introdujo los pezones en su boca. Susana se dejó hacer, entrecerrando los ojos.
- Bésense - pidió él, alejándose un poco para observarlas mejor.
Las dos chicas se abrazaron y besaron largamente, acariciándose.
- Ponele los dedos en la concha - dijo el hombre, mirando a Susana -… así… - y juntó los dedos medio e índice en un movimiento de pinza para mostrarle - …masturbala.
- ¿Cómo? - preguntó Susana.
- Hacele la paja - dijo el cliente.
Susana apoyó sus dedos sobre la vagina de la Negra. Esta, de pie, se abrió un poco más de piernas. Introdujo los dedos e hizo el movimiento de pinzas que le había indicado el hombre. La Negra, excitada, se acariciaba los pechos. De pronto sonó el timbre.
- ¡Huy…! - dijo el cliente, sorprendido - ¿quién será?
Las chicas se miraron.
- Esperen un cachito que voy a ver - dijo el cliente.
El hombre fue hasta la puerta de calle y espió por la mirilla. Cambio unas pocas palabras con la persona que estaba al otro lado de la puerta y volvió al dormitorio.
- ¿Quién es? - preguntó Susana.

- Es el Gordo, un amigo mío - explicó el cliente - Pasaba por acá y me vino a saludar.
- ¿El Gordo? - dijo la Negra.
- Sí, un amigo de la infancia. Esperen un momento, se los voy a presentar.
    El hombre fue a la puerta de calle y la abrió. Entró un hombre obeso, como de cuarenta años, que le estrechó la mano.

La Negra se sentó en la cama.
- Che, Negra, qué tipo raro, ¿no? - dijo Susana, mirándose en el espejo.
- A ver si todavía nos hacemos tortilleras - dijo la Negra.
- A mí me gusta besarte - confesó su amiga.
- A mí también; vos sos linda y te quiero mucho.

    El cliente dejó a su amigo en el living y volvió al dormitorio.
- Chicas - les dijo - mi amigo quiere entrar en el juego. ¿Está bien?
- Sí, pero…¿y la plata? - preguntó Susana.
- Pago doble, estén tranquilas - dijo él.

    Fue al living otra vez y regresó acompañado del hombre obeso.
- Hola, soy Juan Carlos - dijo el hombre, extendiendo una mano chiquita y muy redonda.
- El Gordo, para los amigos - acotó el dueño de casa.
- Me parece que el señor pesa bastante - dijo Susana, sonriéndose.
- No mucho - dijo el Gordo, haciendo una mueca graciosa con la cara - Ciento noventa quilos.
Las dos mujeres empezaron a reírse.
- ¿Le sacamos la ropa? - dijo la Negra - Yo nunca había visto a alguien tan gordo.
- Van a tener el privilegio - dijo el Gordo, levantando los bracitos y dejándose hacer - Y no se dejen engañar por la gordura, que la tengo bien grande. Cuando tenía veinte años era flaco y me decían el pijudo.
    Las chicas empezaron a desprenderle los muchos botones del pantalón y la camisa.

- Despacito…despacito con el Gordo, chicas, que es muy sensible - dijo el otro, divertido - Primero le sacan la camisa…con cariño…

Le sacaron la camisa, descubriendo el abdomen enorme del Gordo. En el bajo vientre la piel le formaba pliegues, pero en la parte superior del abdomen estaba firme como un tambor. Lo hicieron sentar en la cama para sacarle el pantalón.

- Yo tiro de las piernas - dijo la Negra.

El pantalón fue saliendo de a poco.

- Ya ésta, ¿viste qué bien? - bromeó la Negra.

El obeso se incorporó. Los pliegues de la parte inferior del vientre ocultaban sus genitales.

- ¡Ja, ja! - rió Susana - ¡A ver si es cierto que es pijudo!

Levantó algunos de los pliegues de grasa y descubrió el pene.

- Se la ve grande - dijo, guiñándole un ojo- pero se pierde entre los rollitos.

- Déjeme que se la manoteo, Sr. - dijo la Negra - así se le para.

El Gordo se volvió a sentar en la cama, la Negra se arrodilló frente a él y le friccionó el pene con fuerza, dándole golpecitos con la palma de la mano.

- ¿Qué hacés? - dijo el otro, que observaba.

- Esto se llama el "cachetazo" - dijo la Negra - Ahora un par de besos y ese pingo está para galopar.

El Gordo rio. La Negra se inclinó sobre el miembro y lo empezó a succionar. El pene fue creciendo hasta tomar proporciones muy grandes. La Negra se lo sobó con la mano, apreciando su gran tamaño.

- ¿No te dije que eran buenas chicas, Gordo? - dijo su amigo, que observaba, de pie, tras las mujeres.

Susana se volvió hacia él.

- Ud. venga, Sr. Eduardo - lo llamó, tomándolo del brazo - No se quede ahí parado, que Ud. también está en el juego.

- Cambiá la música, Eduardo - dijo el Gordo, a quien la Negra le seguía acariciando el enorme pene - ¿por qué no ponés algo de Chopin?

- ¿No tiene algo de tango mejor, ya que no hay folklore? - intervino la Negra.

- Sí, tango - repitió Susana.

- Dale, Eduardo - dijo el Gordo - poneles un disco de tango, así se quedan contentas.

- Bueno - asintió Eduardo - tengo uno solo de tangos, el cantor es Goyeneche, creo.

- ¡Goyeneche, el polaco - exclamó la Negra - con lo que me gusta!

Eduardo fue hasta el estéreo. Pronto se escucharon los acordes tristes y acompasados de "La última curda".

- Oí, oí que fabuloso - dijo la Negra, contenta - "Lastima bandoneón, mi coraazoón,/ tu rronca maldición malevaaaa" - cantó, acompañando al disco.

- "Tu lágrima de roonn me llevaaa - siguió Susana - hacia el hondo bajo foondoo/ donde eel barro se subleevaa."

- Larara, larará, lara-rá - tarareó la Negra, poniéndose de pie y bailando sola, abrazada a una pareja ideal - lara-rarará-rará, turú-tuturú-turu-tú, naní-na-ná-naná…

- Tienen buen gusto, che - dijo el obeso.

- Bueno, ahora actúen un poquito para nosotros - pidió Eduardo - La Negra se tiende en la cama, abierta de piernas, y vos, Susana, se la chupás.

Las chicas obedecieron. Eduardo se sentó en un sillón frente a la cama.

- Mirá, Gordo - dijo, viéndolas hacer - ¿no son bárbaras?

- La Susana tiene unas tetas lindísimas - comentó el Gordo - me hace acordar de mi señora.

- ¿De tu señora? - dijo su amigo - Si tu señora casi no tenía tetas.

- Bueno, más o menos - se justificó el Gordo - ¿No querés que hagamos algo nosotros?

- ¿Nosotros, Gordo, vos y yo? - dijo Eduardo, admirado.

- Sí, qué tiene - se defendió el Gordo, levantando los hombros.

- Estás loco - se defendió Eduardo - yo soy heterosexual.

- Dele, no se mande la parte - dijo Susana, volviendo la cabeza - que me hizo que se la diera con la pija de plástico.

- ¡Vamos, no haga bromas, no sea maleducada! - dijo Eduardo, muy nervioso - No le creas, está haciendo un chiste.

Las mujeres siguieron jugando y acariciándose por un rato más.

- Bueno, chicas - anunció Eduardo - ahora vamos a homenajear al invitado. ¿Por qué no lo hacen acabar al Gordo?

- No, está bien, está bien - dijo el Gordo, levantando los bracitos - primero el dueño de casa.

- Dale, Gordo, no seas vergonzoso. Vos tirale del fideo, Negra.

Lo hicieron sentar en la cama, abierto de piernas. La Negra se inclinó sobre el miembro, y empezó a friccionarlo y a recorrerlo con sus labios y su lengua. Jugaba con el glande y se introducía toda la cabeza dentro de su boca.

- Susana, por favor - pidió el Gordo - béseme acá - y señaló hacia su abdomen.

- ¿La panza? - preguntó Susana.

- Sí, los rollitos, por favor.

- Está transpirado.

- Séqueme con una toalla.

Susana buscó una toalla, lo secó y empezó a besarle los pliegues del abdomen y el vientre. La Negra siguió succionando el enorme pene.

- Voy a acabar, voy a acabar, esperen, esperen - dijo, apartando a la Negra por el hombro - Sentate encima mío, Susana.

Susana se sentó a caballito encima del obeso y se introdujo el pene en su vagina. Luego apoyó la mano sobre la pierna del Gordo y empezó a bajar y subir ágilmente su pelvis. Los otros miraban y escuchaban el sonido que hacía el enorme pene al frotar las paredes húmedas de la vagina.

- Ah…así - dijo el Gordo, apretándole los pechos con sus manos - Ah… qué lindas tetas…ah…ah…

El Gordo tenía la boca entreabierta y exhalaba pequeños suspiros. Susana, ya muy excitada, empezó a moverse con fuerza y brusquedad. El pene recorría con rapidez todo el trayecto de su vagina y ella volvía a abalanzarse sobre el miembro con soltura.

- Se viene - anunció Eduardo - mírenle la cara, cómo se viene. ¡Gordo viejo y peludo nomás!

El obeso agitó sus bracitos como nadando en un líquido invisible y empezó a contraerse. Susana siguió subiendo y bajando sobre el pene hasta que perdió su tensión.

- Casi me hace acabar a mí también - exclamó Susana - esa pija la compró por metros.
- Bueno, vamos a hacer un alto para descansar - dijo Eduardo, satisfecho de la escena.
- Bailemos un tango - pidió Susana.
- Yo voy a traer champán para que brindemos - anunció Eduardo.

Eduardo salió del dormitorio y las dos mujeres se pusieron a bailar. El Gordo, extenuado, se acostó en la cama con los brazos hacia atrás. El dueño de casa volvió con una botella de champán y varias copas. Saltó el corcho con una explosión seca y Eduardo colmó las copas.

- ¡Viva! - gritó el Gordo, levantando la copa para brindar.
- ¡Viva la alegría! - repitió Eduardo - ¡Viva la concha y la pija!

Levantaron las copas, las hicieron golpear suavemente unas contra otras y bebieron el champán burbujeante. Del estéreo brotó la melodía dulce y triste de "María".

- "Y acaso te llamaras simplemente María - cantó Susana, sintiendo la voz desesperada de Goyeneche - no sé si eras el eco de una vieja canción,/ pero hace mucho, mucho, fuiste hondamente mía…"

Las chicas se estaban preparando para salir del hotel.

- Apurate Susana, que se nos hace tarde - dijo la Negra, apretándose el busto para que le entrara un vestido nuevo - Hoy es tu gran noche, tu nuevo debut.

Susana, frente al espejo, se maquillaba sin entusiasmo.

- Callate, que tengo una depre - dijo.

- Ya me di cuenta - comentó su amiga - Pero si no levantás el ánimo nos van a comer los bichos.

Susana no contestó.

- Mirá - continuó la Negra - en cuanto veas a los clientes, estoy segura que hasta te vas a calentar.

- ¡Dale - exclamó Susana, haciendo un ademán con el brazo y mirando hacia su compañera - lo único que faltaba!

El taxi se detuvo frente a la puerta del cabaret. El portero abrió la puerta del auto. Las chicas descendieron. El Sr. Marcelo, con su smoking impecable, se adelantó a recibirlas.

- Buenos noches, Susana. ¿De vuelta al trabajo?
- Buenos noches, Sr. Marcelo - dijo Susana tímidamente - Aquí estoy de vuelta.
- Así me gusta - dijo el hombre con una sonrisa amable - verla otra vez en nuestro cabaret. Usted siempre ha sido una estrella.

Susana agradeció y bajó la vista. El semblante del hombre se puso súbitamente serio.

- Ya sé lo que le habrá pasado - dijo con enojo - seguro que se agarró un camote con alguno.
- No, Sr. Marcelo - se defendió Susana - le juro que no.
- Bueno, bueno. A otra cosa. Ahora, ya sabe, si vuelve a pasar esto se va a tener que buscar otro trabajo.
- Estuve enferma - dijo Susana en voz baja.
- Sí, yo también estuve enfermo. Vaya, vaya a trabajar.

Las chicas entraron en el cabaret. Al verlas, el barman abrió sus brazos y se adelantó hacia ellas.

- ¡Susana, la reina de la noche! - exclamó.
- Qué decís, Toto - saludó Susana.

- Te extrañamos mucho - dijo Toto, en un tono meloso y afeminado - ¡En qué habrás andado!
- Mejor no te lo cuento porque te vas a amargar - respondió Susana.

Las puertas del cabaret se abrieron.
- Mirá- dijo Toto - ahí entra el primer cliente.
- Tan temprano, ¡no! - exclamó Susana, llevándose la mano a la sien - yo no lo agarro, ¡por favor!
- Dejá, voy yo - dijo la Negra - Pero del próximo no te salvás.
- Gracias, Negra - dijo su amiga, yendo hacia donde estaban las otras coperas.

El Sr. Marcelo entró al cabaret y se acercó a la barra.

- Che, Toto - llamó al barman.

- Sí, Sr. Marcelo - dijo Toto con respeto.

- ¿Qué le pasó a la loca esa?

- No sé - se excusó Toto - creo que tuvo apendicitis.

- Eso se lo cree Magoya - dijo el Sr. Marcelo - Me parece que se está haciendo la turra.

- Es buena chica - la justificó Toto - Sé que tiene muchos problemas.

- Vigilámela, haceme el favor - dijo, y regresó a la puerta del cabaret.

La rubia del estriptís estaba haciendo ya su segundo show. La música se hizo más lenta y la mujer exhibió sus pechos desnudos. La Negra acompañó a un cliente hasta la puerta y regresó a la barra, donde estaba Susana.

\- ¿Qué hora es, Negra? - le preguntó.

\- Son las dos de la madrugada.

\- Hoy el tiempo no pasa nunca - se quejó - El tipo ese con el que estaba sentada, un poco más y me arranca una teta.

\- Qué se le va a hacer - trató de conformarla la Negra - Parece que los que vienen son cada día más brutos. Pero vas a ver, todo volverá a andar bien. Antes que nos demos cuenta estaremos en nuestro día libre.

\- ¡Ojalá! - exclamó Susana con pesar.

Se abrieron las puertas del cabaret. La Negra buscó con la mirada a alguna otra copera. Estaban todas ocupadas.

\- Entró otro cliente - le anunció a su amiga - ahora te toca a vos.

La Negra abrió de par en par los postigos de la ventana. Los rayos del sol penetraron en la vieja habitación del hotel.

- Vamos Susana, levantate, que hay un sol hermoso - dijo a su amiga - Hoy es nuestro día de descanso.

Susana se volvió en la cama y entreabrió los ojos.

- Qué lindo no tener que trabajar - exclamó.

- ¿Querés que vayamos a caminar al Monumento a la Bandera? - le preguntó a su amiga.

- Bueno - aceptó, incorporándose en la cama y desperezándose - yo siempre iba ahí a levantar colimbas cuando era chica.

- ¿Sí?

- Sí, y cuando se hacía oscuro, cogíamos en las barrancas de atrás del Monumento. Por cien pesos nada más.

- ¿Por cien pesos? - repitió, incrédula, la Negra, poniéndose el vestido - Con eso no te comprás nada.

- Y...eran otros tiempos... - exclamó Susana, poniéndose el vestido - yo en esa época era idealista.

- Hoy tenemos que pagar el Hotel - sentenció la Negra, mientras preparaba café.

- Sí, está bien, a la vuelta del paseo lo pagamos - aceptó Susana - Hoy la quiero pasar bien, divertirme. Y nada de hombres.

Tomaron café y salieron. En una panadería compraron facturas frescas. Era mediodía y el sol entibiaba el aire. Caminaron hacia el bajo y llegaron al Monumento. Se sentaron en uno de los bancos de piedra y se pusieron a comer las facturas. Frente a ellas, al otro lado de la Avenida, se extendía la zona del puerto y el río. La Negra dejó vagar su mirada por el paisaje.

- ¿Vos sabés, Susana? - dijo a su amiga con tristeza.
- ¿Qué?
- Me siento sola.

Susana se acercó a ella y le tomó la mano.

- Me tenés a mí - dijo.
- Sí, ya sé - agradeció su compañera - Pero siento que me falta el cariño de un hombre.
- Los hombres para lo único que sirven es para pegarte y hacerte sufrir - sentenció Susana.
- O para dejarte embarazada - agregó la Negra - Pero así y todo, los quiero igual.

Susana suspiró.

- A veces me gustaría ser una mujer como las demás - dijo.
- Si somos como las demás - explicó la Negra.
- No es cierto - dijo Susana - la otras no venden la concha.
- No lo creas - dijo la Negra - si las mujeres lo único que tenemos para vender es la concha.

Segunda Parte

Susana abrió de golpe la puerta de la habitación.

- ¡Negra - dijo agitada - te llama el Encargado del Hotel!

- Señorita - llamó una voz con espeso acento español - teléfono para Ud.

- Está bien, Don, gracias. Ya voy - respondió la Negra, calzándose unas pantuflas y saliendo al hall del Hotel en desabillé.

El señor español le alcanzó el tubo del teléfono, mirando con disimulo las formas sensuales de su cuerpo, que emergían de la camisola transparente. La Negra oyó una voz que la llamaba al otro lado del auricular, pero no pudo reconocerla.

- ¿Negra? - preguntó otra vez la voz aflautada.

- Sí, ¿quién habla?

- ¿Cómo, no me conocés? Soy el Barman No. 1 del Cabaret, el inigualable Toto.

- ¿Qué decís, Totito, cómo estás? - dijo la Negra, sonriéndose.

- ¡Ay, fabuloso! - coqueteó Toto - ¡Ayer me acosté con un tipo bárbaro!

- ¿Sí?

- Sí, bárbaro, sin prejuicios. Hicimos el 69.

- ¡Mirá qué suerte! - bromeó la Negra - Para mí que vos te vas a casar antes que yo.

- Dale, no me cargués - dijo Toto - A nosotras nos gustan tipos de hombres diferentes.

- Es cierto - aceptó la Negra - Contame para qué me llamás, ricura.

- Mirá, tengo que hablar con vos algo importante.

- Está bien - dijo la Negra - Esta noche, antes de entrar a trabajar, te encuentro en el restaurante de la esquina del Cabaret.

- Bueno - aceptó Toto - podemos comer juntas si querés, ¿te veo a las nueve?

- Sí, a las nueve.

La Negra salió temprano del Hotel. Decidió ir hasta el Restaurante caminando. Eran pocas cuadras. Las calles descendían plácidamente. A medida que avanzaba los edificios se volvían más lujosos y residenciales. Después, ese derroche terminó y cruzó una zona de casas viejas de altos portones, que servían de depósito, y antiguas mansiones transformadas en inquilinatos.

"La puta que los parió, como me duelen las piernas - se dijo la Negra, mientras caminaba - La culpa la tiene ese cliente de anoche, era demasiado grandote, me rompió toda. Debía ser jugador de fútbol. Jugador de fútbol, ¡qué lindo! Si algún día tengo un hijo, me gustaría que sea jugador de fútbol…

La Susana me preocupa - se dijo, cambiando el tema de su reflexión - no veo que se haya recuperado de lo del hijo, cada vez bebe más. Ella dice que está arruinada por dentro y sólo puede parir hijos estúpidos. El problema parece que le viene del padre, que era borracho. Mi vieja tomaba mucho, ¿no iré a tener un hijo estúpido yo también?"

Llegó al Restaurante, había muy poca gente. Se sentó en una mesa y pidió una botella de vino y una entrada fría. Como a los quince minutos apareció Toto. La Negra, al verlo, levantó la cabeza, sorprendida.

- Hola, Negrita, ¿cómo estás? - la saludó.
- ¡Ay, Toto - exclamó ella - cómo te pintaste la cara, parecés una mascarita!
- Por favor, Negra, no me digas eso que me muero - dijo Toto, compungido - Qué terrible, es que el polvo de base que me puse es muy oscuro. Después voy al baño y me lo saco. ¿Los ojos están bien?

La Negra observó el maquillaje de sus ojos. Se había puesto abundante sombra en los párpados y sus largas pestañas estaban muy marcadas.

- Sí - le dijo - te quedó bien el rímel. Tus ojos están bárbaros.

Toto se tranquilizó.

- Negra - le dijo, tomándole la mano - te tengo que hacer una confesión.
- ¿Qué...? Contame…
- Sé que me comprendés - dijo Toto - porque sos como yo, una cualquiera. Soy un puto, no valgo nada…
- Dale Toto - dijo la Negra, mirándolo con simpatía - no empecés.

El mozo se acercó a ellos y ordenaron la cena. La Negra dio vuelta un vaso y le sirvió vino a su amigo. Se puso a picar de un plato de ensalada rusa que le habían traído.

- ¡Negra - dijo Toto, angustiado - tengo un problema grave! ¡Estoy enamorado de un tipo, me tiene embobado!

- Ese no es un problema, boludo - argumentó la Negra - Es una solución.

- Y él está loco por mí - aseguró Toto - Quiere dejar a la mujer para venirse conmigo.

- ¡Huy - exclamó la Negra - está casado!

- A mí no me importa nada de eso - dijo Toto - Si él me ama, doy la vida por él.

- Toto, no vaya a ser que te esté metiendo el perro.

- No, no, es sincero, estoy seguro - insistió Toto.

- Bueno, andá con cuidado.

El mozo llegó con una fuente de milanesas y papas fritas. Se sirvieron.

- Hay otra cuestión de él que me preocupa - dijo Toto.

- ¿Cuál?

- El tipo está metido en política, es activista. Trabaja de obrero en Sudamtex.

- Toto - dijo la Negra, dejando un cubierto y llevándose la mano a la cabeza - ojo que la cana está dando leña. La cosa está jodida. Torturan, y hay gente desaparecida. No te vayas a meter en líos.

- Quiere que entre a trabajar en la fábrica con él - dijo Toto con resignación - No me importa lo que pase, si lo matan yo ya no quiero vivir. La vida sin él para mí no tiene sentido.

- Toto - dijo la Negra con ironía - no sabía que fueras tan romántico.

Toto acercó su cabeza a la de ella.

- Yo en el Cabaret lo oculto porque las otras chicas se me burlan - susurró.

- Bueno, pensalo bien - le advirtió ella - ¿te parece que aguantarías un trabajo en la fábrica? Tiene que ser duro el trabajo ahí.

- Sí, sí, lo haré - dijo Toto, acompañando su afirmación con exagerados movimientos de cabeza - Trabajaré mucho, hasta que se me pelen las manos. Te quiero pedir una cosa, Negra…

- ¿Qué?

- Entrá a trabajar conmigo en la fábrica, por favor. Le digo al Alberto que te consiga un puesto también a vos. El tiene palanca en el sindicato.

La Negra dejó de comer, sorprendida ante la propuesta.

- Bueno, no sé que decirte… - dijo.

- Consideralo…alguna vez tenemos que cambiar de vida y este es un trabajo que vos podés hacer. Trabajan muchas mujeres ahí.

- Yo varias veces pensé en dejar la noche. Sé que es una vida peligrosa. El cabaret a la larga te pasa la cuenta. Todas las coperas terminan mal - le confió la Negra, poniéndose seria - Para nosotras es difícil encontrar un trabajo. Si en la industria de las telas están tomando gente, y vos creés que tu amigo nos puede ayudar, sería una buena oportunidad. Quizá sea el momento de probar…

- Sí, sí, Negra - dijo Toto, apretándole cariñosamente la mano - Las dos juntas lo podemos hacer. Nos ayudaremos la una a la otra.

Esa noche la Negra volvió tarde. Susana ya estaba durmiendo. Al día siguiente la Negra se despertó a mediodía. Susana había salido. Se vistió y fue a comprar facturas para tomar con el café. Al regresar a la pensión, encontró a Susana sentada junto a la mesa, con la cabeza baja.

- Hola Susana… - la saludó - traje unas facturas con crema pastelera, como te gustan a vos.

Susana siguió ensimismada.

- Tengo algo bueno que contarte.

- Sí, Negra, decime - respondió su amiga, sin levantar la vista.

- Sabés que podemos conseguir trabajo en la fábrica de telas Sudamtex. No hace falta experiencia previa.

- No entiendo. No me dijiste que estuvieras buscando trabajo. ¿Por qué hablás de nosotras ? - respondió Susana, alzando la cabeza.

Tenía los ojos brillosos, afiebrados. La Negra comprendió que había estado bebiendo.

- Hablo de nosotras, porque pensé que te podía interesar. Dejame que te cuente. El Toto es amigo de un tipo que trabaja en la fábrica, y le ofreció conseguirle un laburo. Tiene gancho, parece. Toto le va a hablar a ver si puede conseguir también algo para mí - le explicó - Y si querés, le digo que le pida un empleo para vos, a ver qué pasa.

- ¿Yo entrar a trabajar en una fábrica? - dijo Susana, levantándose de golpe y haciendo caer la silla al suelo con el ímpetu - ¿Pero vos estás loca? ¿Por quién me tomás?

- ¿Por qué no? - dijo la Negra - No podemos seguir trabajando en el cabaret toda la vida. Somos mujeres y no máquinas de coger.

- Yo soy una artista y no me voy a rebajar trabajando en una fábrica - dijo Susana, alzando la voz - ¿Y desde cuándo le creés al Toto?

- Pero Susana, vamos, vos estás despechada - trató de convencerla su amiga - Es un buen trabajo, tendremos la protección del Sindicato.

- A mí no me importa nada de nada - dijo Susana, gesticulando - Yo vivo, yo disfruto de la vida, no como vos que sos una amargada.

- ¡Ma sí, mirá…! - exclamó la Negra, disgustada - …¿para qué nos vamos a pelear? Yo te quería ayudar, pero si no querés, allá vos. Hacé con tu vida lo que te dé la gana. Pero acordate…ahora estás a tiempo, después puede que sea demasiado tarde.

- ¡Demasiado tarde! Qué palabras fuertes usás ahora. ¿Pero no te convenciste todavía, boluda, que para nosotras siempre fue demasiado tarde?

- Quizá tengas razón… - dijo la Negra - pero yo me siento fuerte, y la voy a pelear. No quiero perder mi vida metida debajo de los hombres. No sé…una no puede agarrarse a sus problemas y a los sufrimientos como si fueran una tabla de salvación. La vida está en otro lado…

- ¿En dónde…? - dijo Susana.

- En la lucha…Y eso lo siento. No voy a bajar los brazos. No quiero ser un día como una de esas mujeres que llegan a viejas haciendo la calle y dan asco y risa. Voy a luchar por cambiar.

Dieron la conversación por terminada. Susana se recostó en su cama, mirando hacia la pared. La Negra se puso a preparar café.

"¿Yo, en una fábrica, con la Negra? - se dijo Susana - No…no me queda bien el papel de mujer buena. Además, si se van el Toto, la Negra y encima salgo yo también, el trompa se va a agarrar una bronca bárbara. Y yo a ese maricón del Toto no le tengo ninguna confianza, no me gusta nada. Si despúes quieren volver al cabaret, el trompa les va a cerrar la puerta en la cara y tendrán que hacer la calle…y bueno, peor para ellos.

No sé, desde que me pasó la desgracia de Juancito, mi hijo, estoy cada día más triste. Antes, al menos, nos divertíamos bastante con la Negra. Pero ahora…no sé… Hay días que me siento tan mal… que hasta me dan ganas de matarme… ¿Qué valgo yo?... Si mi hijo se pusiera bien vendría y me insultaría, porque lo abandoné…lo abandoné…pero, ¿qué otra cosa podía hacer? ¿Puedo pagar yo mil quinientos dólares al mes? Ni aunque pusiera la concha quince horas al día. Si algún cliente un día tuviera un ataque de rabia y me matara a golpes, creo que me haría un favor. Me vida está vacía. ¿Qué es una mujer sin un hijo?"

Toto habló con su amigo y éste cumplió con lo que le había prometido. Los entrevistaron a los dos y pocos días después les llegó un telegrama, avisando su incorporación a Sudamtex. La Negra se estaba preparando para ir al Cabaret por última vez. El espejo le devolvió la imagen de una mujer de cuerpo exuberante, con rostro demacrado y marcadas ojeras. La noche anterior le había avisado al dueño que tenía que dejar su trabajo. Le preguntó por qué, y ella inventó una justificación. El otro no le creyó, pero tuvo que aceptarlo.

"Si Susana no quiere venir a la fábrica, peor para ella - pensó - se va a arrepentir. Al menos el Toto y yo vamos a probar, a ver si podemos dejar la noche y cambiar de vida. Empezamos el lunes en Tejido. Me preocupa un poco el tipo ese, el amante del Toto; es comunista y, como me ayudó a entrar, seguro que espera que vaya a sus actos políticos y lo apoye. Si me invita a una reunión, yo voy, y me hago la boluda. Escucho lo que tenga que decir, a ver de que se trata. Con escuchar no pierdo nada y, a lo mejor, hasta aprendo algo que valga la pena. Hay que devolver los favores.

No sé si el Toto se las va a aguantar en la fábrica. Con lo afeminado que es, se le van a reír todos. Los hombres, cuando quieren, pueden ser muy crueles entre ellos, y las mujeres, cuando se trata de criticar, no nos quedamos atrás. Capaz que el pobre va a estar peor que en el cabaret. Con tal que su amigo, el Alberto, no lo cague… ¿Podemos cambiar nosotras?"

Susana se sentó junto a la barra. Aún no habían entrado clientes en el cabaret. El Sr. Marcelo se aproximó a ella y la llamó.

- Susana.
- Sí, señor - respondió, yendo hacia él.
- Mire, no se haga problemas por su amiga… - le dijo, con tono protector - se fue porque no sabe ganar la plata. Aquí, a la que le gusta el dinero y sabe trabajar, se llena.
- Sí… - balbuceó Susana.
- ¿ Ud. no se pensará ir, no?
- No, señor - aseguró ella - si a mí me gusta el cabaret.
- Mire - dijo el Sr. Marcelo con enojo - si se quiere ir, se puede ir ya mismo, eh. A mí no me gusta que anden hablando cosas y haciendo planes a mis espaldas.
- No, señor, si no hablo a sus espaldas, yo justamente le dije a la Negra que del cabaret no me iba porque a mí me gusta este trabajo.
- ¡Ah, también se la quiso llevar a Ud. la guacha esa! - exclamó con rabia el Sr. Marcelo - Seguro que todo fue por culpa de ese maricón.

Susana no pudo contestar. Sintió que la invadía una gran angustia y bajó la vista.

- Bueno, ya sabe - siguió él - cuando se quiera ir, se puede ir a la mismísima mierda. Pero escuchame, guacha, conmigo no se juega. Vos no me conocés a mí…

- Pero no, señor…no - dijo Susana, estallando en un sollozo - si yo no me voy a ir, a mí me gusta el cabaret…
- Está bien, no llorés - pidió el hombre - pero decime, ¿te hago faltar algo? ¿No tenés todos los clientes que querés, gente rica?
- Sí… - respondió Susana, sin contener el llanto.
- ¿Y entonces? - exclamó el Sr. Marcelo, elevando la voz - ¿ Qué mierda quieren Uds.? ¿Nada les conforma, nada les alcanza? No ves que yo me desvivo para que el negocio marche, o te creés que es fácil. ¿Vos sabés lo que cuestan las coimas acá?
- Sí, señor, discúlpelos - pidió Susana - no sabían lo que hacían. Pero yo nunca me voy a ir…
- Así me gusta - dijo paternamente el Sr. Marcelo - que seas fiel. ¿Por qué me vas a pagar mal, si yo con vos soy derecho? Mirá - dijo confidencialmente, poniéndole el brazo sobre el hombro - no te hagás problemas, que no hay mal que por bien no venga. La pelotuda esa se fue en el mejor momento, justo que íbamos a empezar a ganar plata grande. Desde hoy te vas a poder hacer unos buenos pesos extras.
- ¿Y cómo? - preguntó ella, enjugándose las mejillas con un pañuelo.

El Sr. Marcelo la tomó de un brazo y la condujo a su oficina. La hizo sentar y le ofreció un cigarrillo.
- Vamos a vender unos polvitos en el cabaret - le explicó. - le ex que te gustan a vos
- Unos polvitos - repitió la copera - ¿y no será peligroso?
- No, ningún peligro - aseguró él - es la cosa más fácil del mundo. Cuando algún señor se te acerque y te pida algo "especial", así, ¿no? Vos imagínate que el tipo viene y te empieza a tocar, y te dice, mientras te manosea: "Señorita, no tiene algo especial para mí". Entonces Ud. agarra, se levanta, me busca y me consulta, a ver si se puede hacer la venta. Yo le entrego el sobrecito y Ud. se lo lleva y le cobra. Tenga ojo con el barman nuevo, que no le tengo mucha confianza.
- ¿Y yo le vendo el sobrecito con el polvo al cliente? - preguntó ella, incrédula.

- Sí, y por cada uno que venda se ganará mil pesos. Ya ve, aquí va a entrar mucha plata, y la Negra se lo perdió por huevona. Y vos, al quedarte, me estás demostrando que sos una persona en quien puedo confiar, y por eso te vas a llevar una buena ganancia. Sos mi mejor chica, entre los dos nos vamos a llenar. Pero de esto, eso sí, ni una palabra a nadie…
- Está bien, señor - aceptó.

Susana volvió al salón. Ya había algunos clientes. Dos coperas estaban sentadas en sendas mesas, acompañadas por hombres.

"Y ahora al trompa se le ocurre vender drogas - pensó Susana – No sé, capaz que haga un montón de plata…por cada sobre me va a dar mil pesos. Y puedo, de paso, agarrar algo de polvo para mí…es tan rico… podré soñar, irme de viaje… ¡Qué lindo! Eso sí, que no se arme quilombo con la cana, o toda la ganancia se irá al carajo. No quiero terminar presa - se dijo, atemorizada - Quizá me hubiese convenido entrar a trabajar en la fábrica. Todavía estoy a tiempo. Pero no, no debo preocuparme…la Negra es una boluda, el patrón tiene razón: no sabe ganar plata. Seguro que me voy a llenar…"

Pasaron varios días. El nuevo negocio prosperaba rápidamente.

- Vio, Susana - comentó el Sr. Marcelo - le dije que esto iba a andar bien.

Susana lo miró, sonriéndose. Se había puesto un vestido fino y un brazalete caro.

- Es lindo tener plata, ¿no? - dijo el Sr. Marcelo, sacando del bolsillo una cigarrera metálica y ofreciéndole uno.

Entró un cliente al cabaret y Susana fue a atenderlo. Se sentaron en una mesa y pidieron tragos. Poco después, Susana se levantó y fue hacia la barra, donde estaba el Sr. Marcelo.

- Otro tipo que quiere un especial - le anunció.

- ¿No te dije? Nos estamos llenando - afirmó el Sr. Marcelo, sacando un pequeño sobre de abajo del mostrador y entregándoselo a Susana.

- ¿Me agarro mis mil pesos? - dijo la copera.

- No, andá, dame la plata a mí - respondió el Sr. Marcelo - Después te entrego tu parte.

Susana volvió a la mesa. Poco después el cliente se levantó y se acercó a la barra. Preguntó por el dueño del cabaret. El barman le indicó el sitio donde estaba la caja registradora.

- ¿Ud. es el dueño del local? - preguntó.

- Sí, señor - respondió el Sr. Marcelo.

El hombre sacó de su bolsillo un carnet y lo abrió, exhibiendo una chapa.

- Policía…División Drogas y Estupefacientes…

- ¿Qué desea señor? - preguntó el Sr. Marcelo, aparentando tranquilidad.
- ¿Esa mujer trabaja en su cabaret? - dijo, señalando hacia la mesa donde estaba sentada Susana.
- Sí, es empleada de la casa - respondió.
- Bien, acaba de venderme un gramo de cocaína - dijo el policía.
- Yo no sé nada, señor. No sé de que me habla - dijo el Sr. Marcelo con frialdad.
- Vamos - argumentó el policía - Ud. acaba de reconocer que ella trabaja en su cabaret.
- Es una copera - dijo el Sr. Marcelo - Si además vende ciertas cosas, no es culpa mía. Ella tiene prohibido arreglar servicios con los clientes de la casa o comerciar con ellos. Este es un establecimiento serio. Ella es responsable de sus actos.

El policía fue hasta la mesa y obligó a Susana a que lo siguiera. Susana preguntó por qué y el hombre le mostró la chapa.
- Venga conmigo a la Seccional, Señorita - dijo el policía - allí aclararemos esto.
- ¡No quiero - gritó Susana, tratando de desasirse del brazo que la aferraba - yo no hice nada!

Susana quiso correr hacia el fondo del local. El hombre, con gran agilidad, la alcanzó. Le llevó el brazo a la espalda, aplicándole una llave hasta inmovilizarla.
- ¡ Vamos, puta de mierda - dijo - no te resistás! ¿Querés que te faje?
- ¡No hice nada - gritó Susana, sollozando desesperada - ay, no hice nada!

La Negra pronto se enteró de la noticia. Casi de madrugada se levantó para ir a trabajar a la fábrica. Se puso un vestido muy sencillo y preparó su bolso. Sin maquillaje parecía más joven. Apesadumbrada, se sentó a tomar su desayuno. Miró hacia la cama vacía de su amiga.

"La Susana está en cana - pensó - Dicen que estaba conectada con una banda de traficantes. Es mentira. El trompa del cabaret es el que está metido en eso, y todo el mundo lo sabe. La usaron. Pero a él no le hicieron nada. Si ella pasaba drogas seguro que fue para juntar plata para pagar el internado donde está su hijo. ¡Le pidieron mil quinientos dólares por mes! ¿Quién gana tanto? Todo el sacrificio que hizo por el chico para que después le digan que es estúpido. No sé, quizá actuó así por otra razón. Yo creo que había perdido las esperanzas con su hijo. ¡Qué lío! Este hotel ya no es un lugar seguro para mí…además, es muy caro. En cualquier momento puede venir la cana a revisar y van a querer hacerme preguntas…¡se va a armar un revuelo!... ¿Para qué quiero vivir en el centro de la ciudad? Me conviene conseguir un lugar que esté cerca de la fábrica. La Sra. de Armendáriz me dijo que conocía una pensión económica en Arroyito. Pobre Susana, vaya a saber cuánto tiempo va a tener que pasar presa."

Tomó su bolso, cerró la habitación y salió del hotel. Aún no había amanecido. Fue a esperar el colectivo que la llevaría a la fábrica. Venía lleno de trabajadores, pero pudo conseguir un asiento. Vio como quedaban atrás las calles grises y vacías.

"Ya hace tres semanas que estoy en Sudamtex y el trabajo, aunque es duro, me gusta - pensó - Me siento cómoda con mis compañeras y compañeros de trabajo. Son tan distintos a la gente del cabaret… Allá no teníamos muchas esperanzas, nos sentíamos vencidos…. Los obreros, en cambio, son más fuertes…se tienen confianza, sobre todo el Alberto. Es un activista comprometido, actúa como si lo supiera todo. Le tengo un poco de admiración. Nunca había conocido a nadie así. Bueno…me tengo que quedar tranquila. El tipo está casado y además anda con el Toto. Yo nunca se lo sacaría al Toto. ¡No, jamás! El Toto está muy enamorado de él. Y el tipo sabe que yo cogía por plata, el Toto se lo dijo. No se interesaría por mí, ni podría quererme…aunque…quién sabe…"

Pasaron dos semanas más. La vida de trabajo en la fábrica continuó su ritmo habitual. La Negra, sentada frente a su máquina, cambiaba los hijos de un bastidor. Se la veía preocupada. Reemplazó algunas bobinas. Activó el interruptor y puso los brazos mecánicos del gran telar en movimiento.

"Pobre Toto, el Alberto lo dejó - se dijo - Está hecho pelota. Pero se la va a tener que aguantar. También, cómo se va a enamorar así. Por eso anda siempre jodido. Sabía que el tipo era casado. Es un hombre bien masculino, no sé cómo se metió con el Toto. Lo habrá enganchado con sus artes. El Toto se cree una estrella. Y ahora el Alberto me anda haciendo pasecitos a mí. Me parece interesante, pero no me quiero meter en líos. No sé, quizá una aventurita, pero no mucho más que eso. Una, claro, no puede vivir sin un hombre. Hay veces que extraño a los clientes. Algunos me sacaban la calentura. Es mejor que no le haga caso al Alberto…yo no sé por qué me atrae, ¿será porque sabe de política? De físico no es nada del otro mundo. Para mí es un poco flaco, me gustan los hombres más fuertes, con más cuerpo. Lo único que falta ahora es que me enamore. ¿Yo, enamorarme? Bah…el amor, esas son pavadas…Lo que a mí me llama la atención de él es lo que tiene dentro de la cabeza, cómo explica el comunismo. Y pensar que yo antes hasta le tenía miedo a la palabra comunismo…qué bueno que alguien le diga a una que hay que luchar junto a los demás para defender sus intereses de grupo y prepararse para tomar el poder y ser libres…de eso se trata, de no bajar los brazos y aprender con los otros a luchar…"

Transcurrieron varios días. Una mañana la Negra llegó a su puesto de trabajo muy deprimida. Había pasado algo grave. Cuando llegó el momento del almuerzo a mediodía lo fue a buscar a Toto. Caminaron juntas al comedor y se sentaron en una misma mesa. Vio que Toto tenía un guardapolvo azul de trabajo nuevo y se había maquillado un poco el rostro.

- Toto - dijo la Negra - tengo malas noticias.

- ¡Qué pasó, decime! - exclamó él.

- La Susana se ahorcó. Me lo avisó el encargado del hotel. Salió ayer en el diario, en Noticias policiales.

La Negra sacó un recorte de diario y se lo dio. Toto lo abrió y se llevó las manos a la cabeza.

- ¡No, no puede ser! - gritó.

- La encontraron en su celda, muerta. Se ahorcó con el cable de la luz.

Toto se cubrió el rostro y empezó a llorar.

- ¡Qué desgracia, qué desgracia! – exclamó - ¡Todo nos sale mal!

- Estamos condenadas, Toto…condenadas - dijo la Negra.

- Pobrecita - dijo Toto, enjugándose las lágrimas - yo me imaginaba que algún día se iba a hacer pelota. Vivía cagándose sola.

- Yo le pedí que entrara a trabajar en la fábrica con nosotras - dijo la Negra - Le rogué que tomara una decisión pronto, antes que fuese demasiado tarde. Pero no me escuchó.

- También…meterse en la venta de drogas. Ella se la buscó - dijo Toto con bastante despecho.

- No, Toto. Seguro que el trompa del cabaret la manipuló y la metió en eso - afirmó la Negra - Vos lo conocés al trompa, hace cualquier cosa por guita.

- El Sr. Marcelo no es mal hombre - lo defendió Toto.

- De todas manera, ya es muy tarde - dijo la Negra, sobreponiéndose - Ahora la Susana está muerta, ¿y qué ganamos con lamentarnos? Era mi mejor amiga…nosotras tenemos que continuar… Por suerte estamos lejos del cabaret. Empezamos una vida nueva.

- Yo no sé si puedo aguantar en esta fábrica mucho más. El trabajo me resulta agotador y aburrido - se quejó Toto.

- Yo me siento bien aquí, pensá en la gente que nos rodea. Es gente buena - dijo la Negra, tratando de convencerlo - Tenés que darle tiempo al tiempo, hace sólo un poco más de un mes que estamos en la fábrica.

- Desde que el Alberto me dejó me cuesta venir a trabajar - le confesó Toto, dolido - Se burlan de mí porque soy maricón. Se creen mejores que yo.

- Toto - dijo ella, consolándolo - esa relación con el Alberto no era estable desde el principio, es un tipo casado. Pero él te aprecia como persona, y a mí también, y nos quiere ayudar.

- Con vos es otra cosa - dijo Toto - vos sos mujer, y aunque hayas hecho la calle todos te respetan.

- ¡Toto, Toto - dijo la Negra, acercándose a él y pasándole un brazo por el hombro - por favor, no te vengas abajo! La Susana se nos fue, nosotras tenemos que sobrevivir.

Toto empezó a sollozar.

- Te vas a meter en líos, Negra - dijo, con la voz quebrada - No le creas al Alberto. Te engrupe con su comunismo. No es buena persona. ¡No puedo más!

- No llorés.

- ¡Susana, pobre Susana!

- Toto, Alberto no es mal tipo, pero tenés que comprenderlo. Tiene mujer. Lo que pasó con vos fue una aventura.
- Todos me abandonan. ¡Traidor, puerco! Vos también me abandonás.
- Yo no, Toto.
- ¡Sí - dijo con rabia - vos estás caliente con el Alberto, pero eso te querés quedar a trabajar en la fábrica!
- Eso es mentira - se defendió la Negra.
- ¡Demostrame que es mentira - exclamó Toto - volvé conmigo al cabaret!
- No, no puedo - dijo la Negra - no quiero hacer de nuevo esa vida. Pero no estoy metida con Alberto.
- ¡Jurámelo por Susana!
- ¡Te lo juro por Susana, te lo juro!
- ¡Ay, Negra, qué estamos haciendo, nos estamos volviendo todos locos! - exclamó Toto, echando sus brazos al cuello de su amiga - Dejame que te abrace, dejame que te bese, Negrita de mi alma. ¡Con lo que nos hemos ayudado, con las que hemos pasado juntas!
- Toto - dijo la Negra - yo no me quiero quedar en la fábrica por el Alberto. Yo veo que aquí hay gente buena, me siento respetada, quiero empezar otra vida.
- El Alberto te convenció con sus ideas.
- Si una lo escucha con atención, sus ideas tienen mucho sentido. Te explican por qué nosotros somos como somos. Cómo llegamos a esto. Por qué yo fui puta, por qué la Susana se terminó suicidando.
- La Susana se suicidó porque estaba loca - dijo Toto, apartándose de la Negra.
- No, mi amor, nos arrastraron a esa locura. Somos el desperdicio de esta sociedad. ¿No te das cuenta?
- Siempre podés elegir, Negra. Nosotras somos libres.
- ¿Libres para qué? - dijo ella. Libres para que nos lleven presas o para que nos metan un tiro en la cabeza.
- Nadie nos obliga a ser como somos - dijo Toto, agitando un brazo lleno de pulseras.

- Mirá, Toto, fijate el desprecio que sentís por vos mismo - dijo la Negra - Y todo eso simplemente porque sos homosexual, porque te gustan los hombres. No dejan que te aceptés.
- Ellos, los de la fábrica, menos que nadie - afirmó Toto - En el cabaret me querían más que aquí.
- En el cabaret te aceptaban como a una mascota, como a un puto.
- No me ofendás, che, puta de mierda - dijo con rabia - ¿Qué te creés que sos vos?
- No te estoy ofendiendo. Los clientes te aceptaban como nos aceptaban a nosotras, porque les servíamos para algo. Pero te veían como a un pervertido, no como al ser humano que sos.
- No me vengás con cuentos. Nunca me han tratado peor que en este sitio. Y ahora hasta vos me abandonás.
- Toto - exclamó la Negra - ¿tanto has sufrido que no podés comprenderme?
- ¡No me hablés más, puta de mierda! - gritó Toto, levantándose - Ese loco del Alberto te lavó la cabeza. Vas a terminar en la cárcel, por comunista.
- ¡Estás equivocado, Toto, el cabaret nos estaba destruyendo - dijo la Negra – comprendeme por favor…!

Toto salió del comedor cubriéndose la cara. Los otros obreros se dieron vuelta para mirarlo.

Minutos después la Negra regresó a su máquina. Cambió algunas agujas y se sentó, observando el trabajo del telar mecánico.

"La Susana me dejó, pobrecita, no pudo aguantar - pensó - Y ahora el Toto se vuelve al cabaret. Eran mis viejos amigos, pero ahora tengo otros amigos nuevos, y no me siento sola. Y estos amigos de hoy son de los que luchan. Si el Toto se llega a enterar de lo que pasó con el Alberto el otro día, me mata. Pero no tuve la culpa, fue él quien se me tiró. Y yo estaba caliente…qué puedo hacerle. Tenía unas ganas bárbaras de coger, de verdad, y el tipo está muy bueno… Qué me interesa que sea casado. Si está caliente conmigo es porque le gusto. La cuestión con los tipos ahora es algo secundario. Lo que me importa en serio de Alberto es la política. Es un mundo que yo ni sospechaba que existía y, sin embargo, es como si lo hubiera estado buscando siempre. Puedo entender perfectamente cuando los camaradas me explican un problema, porque no hacen juegos de palabras, puros discursos, como los políticos que aparecían en la televisión, que embaucaban a la gente y la daban vuelta. El Alberto le llama a las cosas por su nombre, al pan, pan y al vino, vino, y a las clases sociales, clases en lucha, y no me viene con el verso de que somos todos argentinos y tenemos que unirnos con todo el mundo. No es como esos que piden a los trabajadores que les creamos a los patrones, que confiemos en los sindicalistas que no nos defienden y hasta en los milicos. No, los obreros necesitamos unirnos solo con los otros obreros, contra los patrones y no a favor de ellos. Tenemos que hacernos fuertes para defendernos y defender a nuestra clase…Ese tipo, ese tipo…Marx, qué hombre fabuloso, cómo me hubiera gustado conocerlo."

Se encendió una luz en la máquina y la Negra se preparó a cambiar las bobinas de hilo.

Pasaron varias semanas. Su relación con Alberto continuó. La Negra hizo progresos en su aprendizaje político. Asistía regularmente a las reuniones organizadas por el Partido Comunista para los obreros de la fábrica. Un día, a la salida del trabajo, vio a una obrera que hacía un tiempo faltaba a las reuniones y se acercó a hablar con ella.

- Qué decís, Ofelia - la saludó - No te vi en la última reunión.
- La semana pasada no pude ir, Negra. Es por mi marido, sabés. Se enfermó.
- Sí, te entiendo…
- El tiempo pasa tan rápido… - dijo Ofelia - ¿cuánto hace que trabajás en la fábrica?
- Ya más de tres meses.
- Mirá vos…me parece que te conociera desde hace mucho más tiempo… Allí viene tu amigo.

La Negra se volvió y vio a Alberto, que caminaba hacia ellas.

- Y también amigo tuyo - le dijo a Ofelia.
- Más tuyo que mío - respondió Ofelia, con picardía - Esta semana voy a la reunión, sin falta.
- Bueno, te veo.

Alberto saludó a Ofelia que se iba a su casa y se puso a charlar con la Negra. Decidieron ir a un bar a tomar una cerveza.

- Alberto, no sé, me da un poco de vergüenza - le confesó la Negra - Me parece que lo que me dijo el Toto cuando se fue era cierto: yo me quedé en la fábrica porque me gustás vos. Pero no sabía que íbamos a terminar siendo amantes.
- ¿Y qué tiene? - dijo Alberto - Está bien gustarnos. Pero vos te quedaste porque sentís que sos como nosotros.
- El problema es que se mezcla nuestra relación con la cuestión política.
- Olvidate, Negra. Sos demasiado inteligente y experimentada para creer eso - la tomó de la mano y le acercó su rostro para besarla - Dame un beso. No creo valer tanto como para que estés metida en la política por mí.
- Las charlas políticas que tengo con las compañeras me gustan mucho -explicó ella - Estoy aprendiendo cantidad, es la primera vez en la vida que me pasa algo así. Mi única escuela fue la calle.
- Sí, vos sos una sobreviviente - asintió Alberto - Es casi increíble verte aquí junto a nosotros, después de lo que fue tu vida. Sos muy fuerte. Dejame decirte que tus compañeras no te consideran una militante más, vos las llevás adelante.
- Yo sé que todos me aprecian, especialmente las compañeras…sin embargo, casi nunca me piden opiniones sobre problemas políticos.
- Es lógico - lo justificó Alberto - pensá que todavía no tenés gran experiencia y son cuestiones difíciles. Adquirir experiencia lleva tiempo, pero la vas a conseguir.
- Sé que tengo poca experiencia política, pero siento que el trabajo en la fábrica me está haciendo madurar rápidamente. Es suficiente ver lo que sale de las máquinas para comprender lo mucho que producimos y los salarios bajos que nos dan, que no alcanzan para vivir. Además, las condiciones de trabajo dejan mucho que desear… Siempre ocurren accidentes…
- La lucha requiere paciencia - dijo Alberto - Se lucha más con la cabeza que con el corazón…

A la noche siguiente, la Negra fue a buscar a Alberto a la oficina del Partido. El no había llegado aún. Decidió esperarlo. Primero escuchó la discusión de unos camaradas que hablaban sobre Lenín y la Revolución Bolchevique, luego tomó de la biblioteca *Qué hacer* y se puso a hojearlo. La oficina ya estaba por cerrar cuando llegó Alberto.

- Hola, Alberto - lo saludó - Ya me estaba por ir, pensé que no venías.

Alberto se disculpó. Salieron de la oficina del Partido y caminaron por calle Córdoba.

- Vos sabés - dijo la Negra - anoche me quedé pensando sobre lo que hablamos de política.

- ¿Sobre cuál de los puntos? - preguntó Alberto.

- Sobre lo que dijiste de que uno tenía que saber esperar y armarse de paciencia… A mí el tema de la paciencia - dijo la Negra – me parece un poco cuestionable. La paciencia tiene un límite. Sobre todo cuando una ve tantas injusticias alrededor suyo… Yo entiendo que hay que esperar… hasta que la situación política madure…no se puede actuar antes…pero a veces una ve problemas que requieren una respuesta rápida…

- No es fácil saber cuándo la situación política requiere acción, Negra - argumentó Alberto – Nosotros, los militantes, podemos analizar la política, discutirla, pero son los dirigentes del partido los que toman las decisiones finales.

Habían llegado hasta la esquina de Córdoba y Laprida. Entraron a un café y se sentaron para seguir allí la conversación.

- El marxismo se basa en un análisis científico de la historia - explicó Alberto - y para analizar bien la situación histórica hay que estudiar mucho. Por eso son tan importantes los dirigentes, ellos tienen mucha experiencia e interpretan el proceso político. Y en base a eso fijan la línea de acción.

- Bueno - porfió la Negra - Yo sé que un proceso político puede ser complejo, pero, como militante, tengo derecho a entenderlo, dar mi opinión y que la dirigencia me escuche. Por ahí yo puedo ver algo que ellos no ven.

- Claro, lo podés hacer - dijo Alberto - pero no te olvidés que las decisiones finales le corresponden a la cúpula del Partido. Somos un Partido revolucionario, Negra, y no simplemente un grupo de activistas sindicales. El Partido necesita tener una organización firme…

- Sí, dijo ella - está bien, de acuerdo.

- No estoy seguro de que estés tan de acuerdo… - dijo Alberto, haciendo gestos negativos con la cabeza, algo disgustado.

- Es que el Partido se la pasa pidiendo paciencia - reaccionó la Negra - y yo creo que necesitamos resistir con más fuerza, actuar, y no cruzarnos de brazos.

- Negra, en los meses que hace que te conozco cada vez me sorprendés más - explotó Alberto - Recién estás metiéndote en la política del Partido, leyendo algunas cosas, estudiando las ideas básica, ¿y le querés hacer la crítica a los dirigentes?

- Bueno, no quería terminar discutiendo con vos - se quejó la Negra - Yo también puedo tener mis propias opiniones.

- Más vale que sí - afirmó Alberto, contrariado por su propia reacción - Mirá - le dijo, sonriendo - para que veas que no hay bronca, te propongo que hagamos el amor.

La Negra le acarició una mejilla.

- Si te digo que no tengo ganas, vas a pensar que estoy enojada. Pero no es así. Prefiero dejarlo para mañana. No es porque no me calientes, sabés…

- Mirá - dijo él, muy cariñoso - podemos negar muchas cosas, menos la calentura que tenemos el uno con el otro.
- Disculpame, Alberto - dijo ella - Es que estoy nerviosa y además ando con la regla.
- Está bien, no tenés que darme explicaciones. Pero mañana te prometo que te como.
- ¿Con salsa de tomate y todo? - preguntó la Negra, con picardía.
- Especialmente con salsa de tomate - contestó Alberto - La salsa de tomate me la como sin pan, con la lengua...
La Negra se inclinó hacia él y le dio un beso. Después pagaron, salieron del café y se despidieron.

La Negra se tomó el colectivo para ir hasta su pensión, en Arroyito.
"Pobre Alberto, se quedó con las ganas... - pensó, mientras miraba desde la ventanilla cómo pasaban las calles - Esto del Partido me preocupa. Yo conozco mis limitaciones en cuestiones de política, porque ¿qué formación tengo yo, qué educación, qué escuela?...¡ninguna! Eso sí, he tenido muchas experiencias y cuando otras mujeres van, yo casi siempre estoy de vuelta. La vida me dio la astucia para defenderme. Yo no quedo convencida de que al Marxismo sólo lo entienden bien los dirigentes...lo que he leído de Marx a mí me parece claro, explica muy bien, él quería que lo entendieran las obreras como yo... No escribía sólo para los doctores. Y yo siento que comprendo, al menos las cuestiones fundamentales que plantea...
Cuando él habla de las clases sociales y la lucha de clases, yo no sólo lo entiendo, sino que me toca de cerca, porque es algo que vivo. Quizá para un tipo rico eso sea algo difícil de entender, le conviene pensar que nuestra sociedad es un paraíso... Para mí ese enfrentamiento entre los que tienen y los que no tienen es concreto y real...Y no porque haya hecho la calle, cuando era prostituta no creía en nada, sino porque soy obrera y voy a trabajar todos los días a la fábrica. El Marxismo se propone liberar a gente como nosotros. Los proletarios no somos simplemente sirvientes, como lo son las mujeres del cabaret; si las mujeres del cabaret dejaran de

servir a los ricos, ¿qué pasaría?, nada, los ricos se buscarían el placer por otro lado. Los proletarios, en cambio, producimos; los patrones ganan mucho dinero explotándonos y nos necesitan. Si los obreros dejamos de producir y hacemos una huelga, paralizamos la producción. Por eso los patrones le temen tanto a la huelga. Marx hablaba claro, pero no me parece que la gente del Partido Comunista explique siempre las cosas con claridad… Es la primera organización política que conozco. No sé, no quiero ser desconfiada…o sí, ¿por qué no ser desconfiada? Ya me han mentido demasiado… ¡Y cuántas veces me he hecho el verso a mí misma! Voy a dudar cuando lo necesite y tenga ganas de dudar. Debo buscar la verdad, sin concesiones…"

El grupo de activistas obreras de la fábrica se reunió en la oficina del Partido. Estaban preparando un volante. Pasaron largo tiempo discutiendo los puntos más importantes y luego redactaron el texto.

- Bueno, compañeras - dijo una señora - si no nos apuramos con este volante, vamos a pasar aquí toda la noche.

- ¿Por qué no leemos lo que está escrito y vemos si estamos de acuerdo en aprobarlo así o no? - propuso otra.

- Sí, que lean.

- "Compañeras y compañeros textiles de Sudamtex - leyó una obrera joven - Una vez más nos tenemos que movilizar para defender nuestros derechos: la compañera Celia García ha sido despedida. ¿Y qué justificación da la patronal ante esto? La misma que dio en casos anteriores: hay exceso de personal. Sabemos que esto es mentira: más del 20% de los obreros están haciendo horas extras, en puestos de trabajo considerados insalubres, forzados por la patronal. La verdadera razón del despido es que la compañera García era candidata a Delegada de su sección. Si vamos a dejar que la patronal nos arrebate a aquellos que luchan por defender las reivindicaciones de los trabajadores, terminaremos siendo llevados de un lado a otro por las narices. Hay que impedir que esto pase, luchemos por nuestros derechos obreros. Desde mañana, jueves 23, habrá quite de colaboración: no haremos más horas extras hasta que no se reincorpore a la compañera despedida. ¡Por un Sindicato libre e independiente, sin

interferencia de la Patronal! ¡Obreros unidos! Comisión Interna de Defensa de las Reivindicaciones Obreras."
- Bueno, ¿qué les parece?
- No hay ninguna mención del Partido - dijo la Negra.
- Eso es lógico - aclaró una camarada - se trata de una cuestión sindical interna. Es una reivindicación que interesa a todas las agrupaciones: no hay ningún punto de política gremial en discusión. Lo importante es defender a la compañera despedida y dejar bien en claro a la patronal que no vamos a permitir que despida a los obreros militantes.
- Yo propongo que votemos por su aprobación o su rechazo tal como está - dijo una obrera.
- Sí, votemos.
- Que levanten la mano las que están de acuerdo con lo que dice el volante.
Casi todas las presentes levantaron la mano.
- Está bien, hay mayoría.
Dieron por terminada la reunión y las activistas continuaron la charla informalmente.
- Bueno, ahora a casa - dijo una señora, preparándose a salir.
- Chau, chicas, hasta mañana - se despidió otra.
- Hasta mañana - respondieron varias voces.
Una señora se acercó a la Negra y la tomó del brazo.
- Negra, ¿Ud. se va? - le preguntó.
- En un rato. Voy a quedarme leyendo unos números atrasados del periódico del Partido. Quiero ver qué pasó en el paro de los metalúrgicos el verano pasado y qué posición tomó el Partido.
La señora dejó su bolso y sonrió amigablemente.
- Yo voy a aprovechar para leer el *Manifiesto* - dijo, disponiéndose a quedarse y hacerle compañía a la Negra - lo leí una vez pero no lo entendí del todo.
- Buena idea - aprobó la Negra.

Las obreras se fueron retirando poco a poco; en la oficina solo quedaron la Negra y la señora. Esta dejó el librito que estaba leyendo y se acercó a la Negra.

- Negra, ¿le puedo hacer una pregunta? - dijo.
- Sí, seguro.
- Una pregunta personal...si es que no le molesta - agregó con timidez.
- Bueno... - respondió la Negra, sorprendida - ¿por qué no?

La mujer acercó su silla y se sentó junto a ella.

- Negra, ¿tiene hijos?
- No, señora - respondió, sin entender bien el por qué de la pregunta.
- ¿Y qué hacía antes de trabajar en la fábrica?
- Era artista, trabajaba en un teatro.

El rostro de la mujer se iluminó con una sonrisa infantil.

- ¡Uy, qué lindo! ¿Hizo televisión también?
- No, televisión no.
- A mí me encantan los teleteatros. Y con su cuerpo, seguro que podría haber trabajado en algún programa de televisión.

Se abrió la puerta de la oficina y apareció Alberto.

- Hola, chicas, ¿cómo va eso? - saludó.
- Bien, Alberto - respondió la señora fríamente.
- ¿Terminaron de escribir el volante? - preguntó él.
- Sí - dijo la Negra - las otras chicas recién se fueron. Nosotras nos quedamos conversando.
- Está bien, yo me voy para mi casa - dijo Alberto, viendo que importunaba - Si Hugo me viene a buscar, por qué no lo mandan para allá.
- Bueno, chau, Alberto - dijo la señora.
- Chau - saludó algo molesto - Uds. tienen muchas ganas de que me vaya, me parece - agregó.
- Estás loco - se defendió la Negra.
- Está bien, no hay problema - dijo él, mientras cerraba la puerta de la oficina - Hasta luego.

Las dos mujeres se miraron, como si hubieran sido pescadas en una falta.

- ¿Qué quiso decir con eso? - preguntó la señora.

- No sé - respondió la Negra - está un poco extraño.
- Desde que se fue ese muchacho, el Toto, está muy nervioso - dijo la señora - El Toto era tan afeminado, ¡pobre chico!
- El Toto es muy bueno. El no tiene la culpa de ser así.
- Pero es invertido - aclaró la señora.
- Eso no es tan terrible - dijo la Negra - A veces una sufre tanto con el otro sexo, que mira a las del propio como amigas con quienes se puede tener un poco de cariño auténtico.
- No sé - dijo la señora, azorada - a mí me gustan los hombres.
- A mí también - dijo la Negra - pero hagamos una prueba.
- ¿Una prueba?
- Sí, téngame confianza. Deme la mano.
La Negra extendió su mano y tomó la mano de la señora. Pronto la expresión del rostro de la mujer se fue dulcificando y desapareció la tensión.
- ¿Así? - le dijo la señora, observándola.
- Sí, ¿qué siente? - le preguntó.
- Siento…no sé…me siento bien, su mano tibia me da confianza. Pero me da un poco de vergüenza decirlo - dijo la mujer.
- ¿No siente amor? – dijo la Negra, mirándola a los ojos.
- Sí, Negra, siento que la quiero, Ud. es diferente.
- Vio, Sra. - dijo la Negra, apretando cariñosamente su mano - es tan fácil quererse.
- La más importante es darse la mano - dijo la mujer, con la voz entrecortada.
- Sí, abráceme por favor… - le pidió la Negra.
La mujer pasó los brazos sobre sus hombros. Aparecieron lágrimas en sus ojos y se agitó, sin querer, en un llanto contenido.
- Así, así…llore… - dijo la Negra, estrechándola contra su cuerpo, sin poder contener las lágrimas ella misma - ¿ve qué bien nos hace?, lloramos como dos niñas, es que todas nosotras hemos sufrido mucho, señora…

La Negra estaba trabajando en su telar mecánico. Cada pocos minutos variaba el diseño de la tela. Tenía que detener la máquina y cambiar las bobinas y las agujas. Colocaba otras bobinas con hilos de colores diferentes. La obrera de la máquina próxima a la suya miraba extrañada los movimientos de la Negra.

- Negra, ¿por qué estás trabajando con tantos hilos hoy? - le preguntó.
- No sé - respondió la Negra - hasta la semana pasada me habían hecho trabajar con colores lisos solamente, un color por vez o a lo sumo dos, y esta semana, de golpe, me pusieron a hacer estos diseños complicados.
- Son mucho más difíciles - dijo la compañera - tenés que andar cambiando los hilos y las agujas continuamente.
- Sí, y encima corro el riesgo de que se quiebre alguna de las agujas y me lastime.
- Como le pasó a la Nora, que se clavó una aguja y se le infectó la mano - dijo la otra obrera.
- Sí, me enteré - afirmó la Negra - Cada día nos hacen trabajar más rápido. Me dijo Elisa que el año pasado estaban haciendo doce metros por máquina por día y este año estamos haciendo catorce. Y las máquinas son las mismas.
- No se conforman con nada, siempre empujando. Pero a vos te dan los trabajos más difíciles.

- Me tienen marcada - dijo la Negra - Saben que voy a las reuniones del sindicato y estoy con los trabajadores.
- Y por eso te apreciamos, Negrita. Sos derecha y podemos contar con vos - dijo la mujer.

La Negra volvió a cambiar las bobinas y las agujas.

- Tengo ganas de ir al baño - dijo a su compañera - Pero ya fui hace media hora.
- ¿Qué importa? ¡Andá igual! - dijo la otra - no te vas a hacer encima. A la alcahueta esa que nos cuenta los minutos cada vez que vamos al baño la voy a agarrar y le voy a romper la cara, le voy a arrancar la piel a arañazos… ¿Quién mierda se cree que es?
- Bueno, ¿me cuidás la máquina?
- Sí, seguro. Andá tranquila.

La obrera puso su máquina en automático y se aproximó a la máquina de la Negra.

- A la hora del almuerzo si querés compartimos lo que trajimos - dijo la Negra, agradecida - Yo tengo un sánguche de queso que debe estar riquísimo, es doble crema.
- Dale - aceptó la mujer - yo traje tortilla de acelga.

La Negra levantó la vista y vio a un mecánico que se acercaba a su máquina: era Alberto.

- Negra - dijo, limpiándose las manos en el overol - ¿tenés algún plan para esta noche?

- Sí - respondió la Negra, muy seria - tengo una cita a la salida del trabajo.

- ¿Con quién, si se puede saber? - preguntó Alberto.

- Con vos - dijo la Negra, riéndose.

- ¡No me digas!¿Sí?

- Sííí…

- Vamos a tu pensión - pidió Alberto.

- ¿Y a tu casa no? - dijo ella, con ironía.

- ¿Qué querés - preguntó él - que tomemos mate con mi mujer?

- No - respondió la Negra, con viveza - no me gusta compartir la bombilla.

Sonó la sirena y los obreros salieron de la fábrica. La Negra y Alberto caminaron unas pocas cuadras y después tomaron un colectivo. Por fin llegaron a la pensión de la Negra. Dejaron los bolsos y se sentaron a descansar. La Negra empezó a cebar mate. Hacia mucho calor y se desnudaron.

- A ver… - dijo la Negra, aproximándose a él y acariciándole la cabeza - te cortaste el pelo.
- Sí.
- Qué rico que estás, todo churro - le dijo, cariñosa, dándole un beso en el cuello.
- Me gusta que me mimes - confesó Alberto.
- Pero no quiero malcriarte.
Alberto llevó sus manos hacia los pechos de ella.
- ¡Eh! - dijo ella, apartándolo - Sacá la mano, ¿quién te dio permiso?
- ¿No sos mía? - preguntó Alberto.
- Ah!! Posesivo y todo - dijo la Negra, sonriendo.
- Vos sabés, hoy me siento como un chico.
- No me digas eso, no me gusta acostarme con chicos.
- ¿Te acostaste alguna vez con un chico? - preguntó Alberto.
- En una época que hacía la calle inicié a dos o tres pibes de catorce años.
Alberto se inclinó y apoyó su cabeza sobre los pechos de ella, abrazándole la cintura.

- Negra, tengo miedo de perderte.
- Y qué problema te hacés - contestó ella - tenés a tu mujer.
- No te rías de mí. Cuando pienso que puedo perderte me agarra una angustia bárbara. Te lo juro.
- Alberto, sos el tipo más inseguro que he conocido en mi vida - dijo la Negra, algo incómoda - ¿Quién diría que el gran macho Alberto, el activista, se caga en los pantalones?
- La cosa no es así, Negra. Un hombre siempre tiene algo de niño - se defendió él - Pero a vos no te gusta verme tal cual soy, reconocer que puedo ser débil y torpe, y necesitarte.
- No me vengas con esos versos, querido, trabajé todo el día como una burra. Las amantes somos para disfrutar, ¿sabés? La que tiene que comprenderte es tu mujer.
- Sos cruel - se quejó Alberto.
- Yo no sé porque todavía necesito de los hombres - dijo despectivamente la Negra - Los quiero y al mismo tiempo les tengo bronca, pero por sobre todas las cosas reconozco que son inútiles. Ni el macho más macho vale la mitad de lo que vale una mujer.
- Me hablás así, sin ningún respeto, porque sabés que te quiero.
- ¡Pobre Alberto - se burló - tan debilucho él!
Alberto, con enojo, se apartó de ella.
- Alberto, no pongás esa cara - dijo la Negra - no ves que me gusta hacerte rabiar.
- Negra, cuando me tratás así, me calentás - confesó Alberto, acercándose a ella y abrazándola.
- Viste, un poco de crueldad nos ayuda - dijo ella, mimosa, besándole las mejillas - A mí se me endurecen las tetas, se me ponen como piedra.
Alberto estiró las manos hacia sus pechos.
- Dejame que te las toque.
- No - lo detuvo ella.
- ¡Dejame! - gritó él, forcejeando.
- ¡Dije que no! - respondió la Negra, retrocediendo.

- ¡Hija de puta! ¡Vas a ver! - gritó Alberto con rabia, avanzando hacia ella - ¡Abrite de piernas ahora mismo!
- Nada - respondió la Negra, escurriéndose atrás de la mesa - hacete la paja si querés.

Alberto se quedó quieto, sin saber cómo reaccionar.

- No aguanto más - dijo, dirigiéndose hacia la silla donde estaba su ropa y poniéndose la camisa - me visto y me voy.
- No seas boludo - dijo la Negra, caminando hacia él y abrazándose a su espalda - si estamos jodiendo.
- Vos no estás jodiendo. Me hacés sentir mal, sos una sádica.
- ¡No, dale! - dijo la Negra, quitándole la camisa - no ves que así acabamos mejor. Te propongo algo: hagamos un intercambio.
- ¿Qué intercambio?
- Chupame los pies y te doy el culo.
- Acepto - dijo Alberto, contento.
- Vos primero - pidió la Negra.
- Bueno, tirate en la cama - le dijo Alberto.
- No - dijo ella - yo me siento y vos te tirás al suelo y me los lamés.
- Estás loca - se quejó Alberto - es una posición reincómoda.
- Eso o nada - dijo la Negra.
- Está bien - dijo él, suspirando con resignación - como quieras.

Ella se sentó en una silla, y Alberto, tirado en el suelo, empezó a lamerle los pies.

- Ay… ¡ji,ji!, me hacés cosquillas - dijo la Negra, moviendo los pies y riéndose.

El siguió plácidamente con su trabajo. La Negra se relajó.

- Mi perrito - dijo ella.
- Tu gatito - dijo él.
- ¿El gatito no le quiere dar un beso a mi peludito?
- Sí, el gatito le da un besito al peludo con gusto a sopa - dijo Alberto, tratando de colocar su cabeza entre las piernas de ella.
- No - dijo la Negra, deteniéndolo con el brazo.
- Un solo besito - pidió él.

- No, nada - dijo ella, autoritaria.

- Negra, dejame.

- Lameme los pies.

- Ya te los lamí - dijo Alberto, poniéndose de pie - ahora dame lo que me prometiste.

La Negra se levantó con rapidez y se escudó detrás de la mesa.

- ¿Me creíste, boludo? Ahora no te doy nada, por crédulo.

- ¡Hija de puta! ¡Vas a ver! - exclamó Alberto, tratando de alcanzarla.

- Agarrame si podés - lo desafió la Negra, esquivándolo.

- Cuando te agarre, te voy a dar una que te vas a arrepentir - la amenazó Alberto.

- Que me vas a dar, si lo que tenés entre las piernas es de juguete, maricón - se burló ella.

- Por Dios, que esta me la pagás.

- Dejá a Dios tranquilo, que ya bastante cagadas nos hizo. Hacete valer como hombre.

Finalmente, Alberto la alcanzó.

- ¡Ahora…ahora… - dijo, apretándola con fuerza con ambos brazos - escapate si sos bruja…te agarré!

- ¡Ahiii…me hacés mal! - lloriqueó la Negra.

- Ah, ¿te hago mal? - dijo él, dándole una cachetada - así vas a aprender.

- ¡No pegués! Me volvés a dar otra cachetada y no cojo más con vos.

- Entonces te doy dos cachetadas, por rebelde - dijo Alberto, abofetéandola con fuerza - así…¡tomá!

- ¡Ay, ah! - se quejó la Negra.

Alberto forcejeó con ella para darla vuelta. Finalmente lo logró y la llevó contra el borde de la cama.

- ¿Vos eras la que no me ibas a dar el culo? - dijo, tratando de penetrarla.

Poco a poco su pene fue entrando en el ano de la Negra, que estaba muy tensa.

- ¡Ay, que me rompés toda, no! - suplicó ella.

- ¡Tomaaá…! - respondió él, haciendo fuerza hasta que le introdujo la totalidad del miembro.

- ¡Ahh…me duele! - se quejó la Negra.

- Ahora que la tenés toda adentro, guachita, te serrucho bien serruchada - dijo, empezando a balancear su cuerpo para atrás y adelante, y penetrándola con fuerza.

- ¡No, que me hacés doler! - le pidió ella.

- Y ahora las tetas también - agregó Alberto, buscando sus pechos con las manos, sin dejar de penetrarla - ¿te gusta que te las apriete así, que te las exprima con fueerrzaaaa…, como a limones?

Sus manos apretaron y pellizcaron los pechos de la Negra.

- ¡Ay! No me retuerzas las tetas así, que me hacés mal ¡…ay…ay…! - le suplicó.

De pronto la Negra empezó a moverse. Estaba excitada. Acompañó con su cola los movimientos de Alberto. La penetración se hizo más rápida.

- ¡Macho…! ¡aaoho! – gritó - me volvés loca, ¡dámela toda, dámela toda!

- ¡Sí, sí! - exclamó Alberto, renovando su fuerza, excitado por el llamado.

- ¡La quiero toda! ¡Apretame más! - dijo la Negra, llevándose el brazo a la espalda, y atrayendo con su mano la cadera de él, para que la penetración se repitiera con más rapidez.

Alberto empezó a crisparse.

- ¡Ah…ah…! - exclamó.

Ella comprendió que estaba cerca del orgasmo.

- Te quiero tener todo entero dentro de mi culo - gritó, desesperándose - ahh…aghh…sí, así…macho…mi macho, lléname…¡lléname! ¡apretame más fuerte, haceme doler!

Las mujeres del Partido se habían reunido para hablar y discutir sobre sus lecturas políticas y cuestiones doctrinarias. Eran casi todas militantes obreras que trabajaban en fábricas y talleres de Rosario.

- Hay una cosa que no entiendo bien, compañeras - dijo una - ¿Por qué leemos un libro del tipo este, y no de uno que se llame como nosotras, Pérez o Martínez?

- Pero mirá, no seas bruta - respondió la otra - No ves que Lenín es el que hizo la Revolución Rusa.

- Yo lo único que digo es que nunca supe de nadie que tuviera ese nombre, Vladimir.

- Vos porque no salís nunca. Vivís encerrada en tu casa - dijo una señora - Lo único que sabés es lavar ollas y cambiar pañales.

- Mirá, no me ofendás - respondió la mujer - Bien que me pelo trabajando en la fábrica, como casi todas Uds.

- Compañera - dijo la que parecía ser la líder política del grupo - un poco está bien, pero se les está yendo la mano. Aquí nos reunimos para hablar de política y discutir las lecturas, y no para chacotear. Aparte, me parece que vos la estás ofendiendo - agregó, dirigiéndose a la señora que había faltado el respeto a la compañera.

- ¡Claro que me está ofendiendo! - respondió la que había preguntado por qué leer los libros de Lenín.

- No, sólo le quería explicar... - se defendió la señora, avergonzada.

- Bueno, pero así no se explican las cosas, así se ofende… - dijo la otra señora.

- Lenín es importante aunque se llame Vladimir - dijo la líder política del grupo.

- Si le decís Vladimiro, en vez de Vladimir, parece criollo - bromeó una muchacha.

- Seguro - afirmó otra que no entendió la chanza - mi primo se llama Casimiro, que suena casi lo mismo.

- Lenín es importante para nosotras - explicó la líder - porque además de ser un teórico, hizo en la práctica la Revolución. No se limitó a escribir libros y teorizar, fue un líder revolucionario…

- ¡Ay! ¿qué hora es, che? - interrumpió una mujer joven.

- Son las siete - contestó otra.

- ¡Las siete! ¿se habrá acordado mi marido de darle la mamadera al nene? - dijo, llevándose la mano a la cabeza.

- ¿No le dijiste que se la dé? - preguntó la líder.

- Sí - respondió - le dije que le diera una mamadera con Nestógeno a las seis y media, pero él es tan bruto que capaz que se olvida.

- No, no se va a olvidar - la tranquilizó la Negra.

- Y aunque se olvide - dijo una señora - el nene no se va a morir porque no tome una mamadera.

- No lo cuidés tanto - aconsejó otra - que se te va a poner gordo como un chancho.

- Hay que acostumbrar a los maridos a que ayuden en la casa, el mío ayer me lavó la ropa - dijo una obrera.

- Dejemos esas cosas para después, compañeras - pidió la Negra - sigamos discutiendo el libro.

- Una de las cosas que Lenín explica - dijo la líder - es la finalidad que tienen los sindicatos.

- Los sindicatos nuestros, ninguna - interrumpió una señora.

- Vender a los trabajadores - agregó otra.

- Lenín dijo que los sindicatos no pueden ser unidades políticas autónomas - explicó la líder.

- Virginia tiene razón, claro que no pueden - dijo una muchacha joven.

- La finalidad del sindicato es luchar por mejoras económicas - dijo Virginia - El liderazgo político pertenece al Partido.

- Sí - agregó la Negra - porque el Partido es una organización política nucleada alrededor de un programa revolucionario.

- ¡Muy bien, Negra! - la felicitó Virginia, la líder - Veo que vas entendiendo bien.

- Todas entendemos - asintió una señora - nosotras también, pero si la Negrita hubiera estudiado, hoy sería doctora.

- Callate la boca de una vez, Gorda - dijo contrariada la Negra - qué manía de interrumpir tenés.

- El Partido político - continuó Virginia - es una organización revolucionaria. Por supuesto que estoy hablando de nuestro Partido, el Partido Comunista, porque los partidos burgueses... ¡qué van a ser revolucionarios, esos son contrarrevolucionarios!

- Y el Sindicato - dijo la Negra - aunque es importante como espacio de lucha y de conquista de más derechos para los trabajadores, no puede reemplazar al Partido.

- Otra razón por la que estudiamos los libros de Lenín - explicó Virginia - es porque Lenín era un líder comunista internacional, y la revolución de los trabajadores tiene que ser internacional. Los trabajadores del mundo solo habremos vencido cuando hayamos expropiado para siempre a los capitalistas.

- Compañeras - dijo una mujer, mirando el reloj - nos estamos pasando de la hora de la reunión. Mi marido me está esperando para que le haga la comida.

- Está bien - dijo Virginia — Nos vemos la semana que viene a la misma hora, como acordamos. Y terminen de leer el libro las que puedan.

Se levantaron y fueron saliendo del local. Una señora de edad madura se acercó a la Negra.

- Negra, ¿puedo hablar con vos? - le pidió.

- Sí, seguro, qué pasa - respondió la Negra.

- Mira, tengo un problema con mi marido y no sé bien qué hacer. Necesito ayuda.
- ¿Un problema personal? - interrogó la Negra, sorprendida.
- No, no es personal, es más bien un problema político.
- Ah...¿qué pasa?
- Bueno, sé que Virginia tiene más experiencia política, pero prefiero hablarlo con vos, porque...tiene que ver con los sentimientos, sabés... Se trata de mi marido...y me parece...no sé...me da la impresión que vos entendés a las mujeres y me vas a aconsejar con sensatez.
- Trataré... - prometió la Negra.
Todas las otras militantes habían dejado el local. Virginia fue la última en salir.
- Hasta mañana, chicas - las saludó - ¿Uds. se quedan?
- Vamos a hablar sobre un problemita por unos minutos y enseguida nos vamos - explicó la Negra.
- No se olviden de cerrar la puerta entonces.
- No, nosotras la cerramos.
- Bien, hasta mañana.
- Chau, hasta mañana.
Las dos mujeres se sentaron y se pusieron cómodas.
- Vos sabés - continuó la señora - discutí con mi marido. Todo se debió a que él es peronista desde hace ya muchos años, y está con rabia porque dice que yo nunca quise militar en el peronismo con él, y ahora me volví contrera.
- ¿Y vos qué le respondiste?
- Le dije que no era contrera, pero que nuestras luchas perseguían fines distintos. Yo no me había afiliado al peronismo, le expliqué, porque no me sentía identificada con el peronismo, había algo en ese movimiento que no me iba. No lo hacía para llevarle la contra a él o porque fuera indiferente a las cosas en que él creía... Él estaba enojado, se puso furioso porque yo le discutía...
- Acordate además - dijo la Negra - que nosotros nos oponemos al peronismo porque es un partido populista, sigue el programa político de

Perón, un líder militar burgués que, aunque sea muy simpático, quiere darle el poder a la burguesía. Nosotros, en cambio, queremos expropiar a la burguesía y hacer una revolución de los trabajadores, tomar el poder.

- El dice que todo el pueblo argentino es peronista.

- No importa que el pueblo sea peronista. Perón los ha dirigido a un callejón sin salida y nosotros no nos vamos a suicidar con él. Vemos las cosas de una manera distinta, y si hace falta ir contra la corriente, iremos contra la corriente, aunque todo el pueblo sea peronista. A veces es necesario ir contra la mayoría. Somos revolucionarios, queremos estar en la vanguardia de la lucha de clases...si el pueblo no es consciente de su situación, si está alienado, no le vamos a ir a la cola tocando el bombo, como hacen los peronistas...Vamos a hacer valer nuestra doctrina, lo vamos a dirigir, y le vamos a demostrar que el programa comunista dice la verdad y sirve para ganar. Alguna vez todo el pueblo será revolucionario y los trabajadores llegaremos al poder, pero, mientras tanto, tenemos que darnos cuenta que vivimos embrutecidos por las condiciones explotadoras del trabajo. Nos asedian, pero no estamos indefensos, cumplimos un papel fundamental en la producción y tenemos el Partido de nuestro lado. Nosotros, los trabajadores del mundo, somos los que producimos la riqueza.

- ¡Ay, Negra, qué bien que me hace oírte hablar así, qué confianza me das!

- Me alegra poder ayudarte. Tenés que comprender que nosotras estamos luchando desde dos flancos difíciles, somos revolucionarias y también somos mujeres...vos sabés lo que quiero decir: los hombres están acostumbrados a mandar, y si una hace algo por cuenta propia se sienten amenazados en su machismo.

- Yo no deseo forzarlo a que crea en mis ideas - dijo la señora - él que sea peronista si quiere, pero yo soy distinta a él, soy otra persona, y tengo derecho a elegir... Trabajo a la par de él, y además atiendo a mis hijos, hago la comida, limpio la casa...

- La doble jornada - dijo la Negra - No te olvides, Elisa, sin embargo, que él también es un obrero - le aconsejó - él también es un explotado, como lo somos nosotras. Tenemos la obligación de ayudarnos. Explicale que discutir de política es bueno, esa es la democracia, y mostrando distintos puntos de vista, exponiendo distintas posiciones, vamos a poder entender mejor las diferencias que nos separan. El después puede decidir qué programa, a su parecer, defiende mejor el interés de los trabajadores: si el de Perón o el Comunista.

- Él es bueno, sabés - dijo la señora - pero se pone nervioso. No sé, capaz que piensa que lo voy a dejar, o que le voy a perder el respeto.

- Tratalo con cariño - le aconsejó la Negra - los hombres no son Supermanes. Son, en el fondo tan frágiles como nosotras, las mujeres, y, al mismo tiempo, tan fuertes como nosotras. Las mujeres, cuando nos tenemos que defender, podemos ser fuertísimas. Querelo y mostrale que lo querés, enseñale que puede discutir con vos y que eso no hará que haya menos amor entre Uds.

- Sí - dijo la señora - yo lo quiero mucho, sabés, es un hombre muy bueno.

Pasó una semana. El ciclo del trabajo continuó su marcha. Ese día la Negra había llegado a la fábrica nerviosa, fatigada. Tuvo, como otras veces, que tejer complicados diseños, que la obligaban a cambiar de bobinas y agujas constantemente.

"Bueno, ya son las cuatro - se dijo - Pronto va a terminar el turno. Menos mal, ya no doy más. Esta tarde hay reunión en el Partido con las compañeras activistas de la fábrica. Ya veo lo que va a pasar, terminaremos discutiendo y peleándonos. Pero no me voy a callar como el otro día. Mis ideas políticas están cada vez más definidas. Colaboración con la patronal, no. Esa es una táctica para la derrota, no una táctica para ganar. Que no vengan a hacen el verso de que son revolucionarias y después se cruzan de brazos y se entregan a la patronal, con el pretexto de que es una táctica temporal… Estamos defendiendo intereses opuestos, ¿cómo puede haber acuerdo?"

A la salida de la fábrica se encontraron todas las activistas y fueron al local del Partido. Tenían puntos políticos importantes que debatir y la discusión se inició de manera bastante acalorada.
- Camarada, yo tengo la palabra - exclamó la Negra, levantando su brazo para que le respetaran el turno.
- Dejen hablar a la compañera - pidió la moderadora.

- Escuchen camaradas: es cierto que la patronal no está apretando mucho ahora, como dijo una compañera, pero eso no quiere decir que sea amiga de los trabajadores. Nuestra responsabilidad es luchar, no hacer la paces con la patronal. No podemos bajar los brazos. Si no, ¿qué clase de revolucionarios somos?

- ¡Sí, la Negra tiene razón! - dijo una mujer joven.

Una señora levantó la mano.

- ¡Pido la palabra, pido la palabra! - insistió.

- ¡Silencio - dijo la moderadora - va a hablar la Sra. de López!

- Camaradas - exclamó - no necesito decirles cuántos años hace que trabajo en la fábrica, porque Uds. lo saben. Las compañeras nuevas están impacientes, quieren conseguir mejoras rápidamente, y se olvidan de todas las conquistas que nosotras, las viejas militantes, hemos logrado en estos años de lucha.

- ¡Sí, tiene razón!

- ¡Silencio! - pidió la moderadora.

- En estos momentos la patronal no nos está atacando - continuó - porque tienen otros problemas y necesitan de nosotras…No queremos alterar esta calma sin tener motivos… ¿La patronal pide nuestra colaboración? Bien, colaboremos con ellos.

- ¡Uuuhhh…! - protestó la Negra.

Se escucharon varios silbidos y voces.

- Aquellas que silban - se defendió la Sra. de López - no tienen los años de lucha en el sindicalismo que yo tengo.

- Marta González tiene la palabra - dijo la moderadora.

- Comprendo lo que acaba de decir la compañera López y la apoyo - dijo Marta González - Sabemos que no se puede ir tan rápido como una quisiera, hay que esperar. Si la patronal necesita nuestra cooperación y nosotras se la damos, el día de mañana pagará un costo político, porque es una deuda que tiene con nosotras, por el compromiso que asumimos.

- ¡Sí - gritó la Negra, indignada - te lo va a pagar con una patada en el culo, te lo va a pagar mandando a la cana en la próxima huelga para que nos apalee!

- ¡La compañera tiene la palabra! - gritó la moderadora, exasperada, señalando a Marta González - ¡Si vos querés hablar, Negra, tenés que esperar tu turno!

- ¿Pero están sordas - insistió la Negra - no escuchan lo que está diciendo?

- Silencio - dijo la moderadora - hay que guardar el orden. ¿Terminó Marta González?

- Lo único que quiero agregar - dijo Marta González - es que con el terrorismo no se llega a ningún lado.

- ¿Puedo hablar ahora? - preguntó la Negra, con la mano levantada.

- ¿No hay nadie delante de ella? - dijo, con fastidio, la moderadora.

- No, que hable.

- Miren - dijo la Negra, poniéndose de pie - no nos podemos confundir. Esta es una cuestión muy delicada. Debemos tener siempre presente que si bien somos todas activistas dentro del sindicalismo textil, pertenecemos, en primer lugar, al Partido. La Sra. de López y Marta González hablan de hacerle el juego a la patronal, como si los de la patronal fueran un rebaño de ovejitas. No se dan cuenta que son lobos, y que nosotros, los trabajadores, somos los corderos. Una política que habla de acercarse al lobo es suicida. Somos marxistas, además de sindicalistas, y no podemos ignorar la cuestión de la lucha de clases y dejarla de lado como si esta no existiera. Como marxistas, debemos reconocer que la lucha de clases es inconciliable e impostergable.

- Ya habla como una política profesional la Negra - dijo una señora, admirada.

- Silencio - exclamó otra - no seas tonta, escuchá lo que dice.

- Por eso - argumentó la Negra - nuestro programa político no puede ser reformista, tiene que ser revolucionario. Si nosotras hacemos acuerdos o conciliamos con la burguesía, ¿en qué nos diferenciamos de los populistas? Estaríamos trabajando al servicio de la burguesía y traicionando a nuestros compañeros de clase. Tenemos que organizar a los trabajadores y enseñarles a actuar de manera independiente, y no hacerle el juego a la burguesía…

- ¡Se te va la mano, Negra! - gritó Marta González.

- Ahora tiene la palabra la Sra. de Durán - dijo la moderadora.

- Quiero responder a la compañera - dijo la Sra. de Durán, una mujer madura y voluminosa, señalando a la Negra - Me alegra mucho que la compañera nos haya hecho recordar que somos comunistas. Pero la camarada debe comprender que el comunismo ha cambiado mucho desde la época de Lenín hasta el presente, porque los tiempos han cambiado: la burguesía de hoy no es la misma que hace cincuenta años. Y por eso nuestras tácticas no son las mismas que antes, pero sí nuestros objetivos. La camarada está cuestionando principios y directivas del Partido. Está desafiando la autoridad política de nuestros dirigentes, y eso no lo vamos a permitir. Queremos tener un Partido unido bajo una dirección incuestionable. No olvide la camarada: cuando nosotras vamos a la planta para difundir nuestras consignas, lo hacemos en nombre del Partido, aceptamos su autoridad política y operamos de común acuerdo. Nuestros dirigentes comprendieron que el directorio actual de la fábrica resulta más favorable para nuestros intereses y para el trabajo político que el anterior, que nos mandaba a la cana cada dos por tres. Necesitamos mantener esa paz y aumentar nuestra influencia dentro de la planta, y para eso tenemos que tener buenas relaciones con la patronal…

Cuando la reunión concluyó, la Negra dejó el local enojada. Estaba sumamente cansada y decidió irse a dormir. Una vez en la cama, no le fue fácil conciliar el sueño y se puso a repasar mentalmente el debate político que había tenido lugar esa noche en el local del Partido con las compañeras activistas de la fábrica. "Si las tácticas que Lenín aconsejó use un Partido en momentos prerrevolucionarios son acertadas - pensó la Negra - lo que propone la dirigencia ahora no tiene sentido. Lo único que van a lograr es que los obreros, a los que queremos dirigir, nos pierdan la confianza y nos empiecen a tener bronca. Los comunistas, en vez de ser como los bolcheviques de Lenín, nos vamos a parecer a los peronistas. Sus líderes sindicales los venden. Los sindicalistas peronistas hacen acuerdos y concertaciones con los patrones, frenan las reivindicaciones obreras y entregan a los trabajadores atados de pies y manos a la burguesía. ¿Cómo los trabajadores no les van a tener bronca, cómo no van a estar frustrados? Al final, si nuestros líderes toman esa posición, con el pretexto de que quieren formar un partido de masas, los Comunistas vamos a terminar yéndoles a la cola a los Peronistas y hasta a los Radicales. Los trabajadores no nos van a respetar porque tengamos muchos miembros, nos van a respetar si somos capaces de presentarles un programa para ganar. Y para ganar necesitamos luchar, unidos e independientes, como clase. No debemos formar Frentes Populares con los partidos burgueses, sino decirles la verdad a los trabajadores: explicarles qué intereses representa la burguesía y señalarles dónde está el enemigo. El enemigo está en casa… - se detuvo por breves instantes, dejó vagar su mirada por el cuarto en penumbras, y luego continuó - ¿Quién me puede ayudar a resolver mis dudas y encontrar una respuesta a mis interrogantes? ¿Cuál es el partido capaz de organizar a los obreros en forma independiente, sin claudicar ante los patrones?

Tenemos que combatir al imperialismo, eso está muy bien, pero el imperialismo…¿no representa acaso los intereses de la burguesía internacional? Y aquí en el país también tenemos burgueses: son los dueños de las fábricas, los que nos hambrean y nos dan por la cabeza. ¿Qué es eso de partidos multiclasistas, como quieren los peronistas? O el proletario dirige, o es dirigido por la burguesía. No hay términos medios. El enemigo está en casa, y con ese enemigo no podemos hacer acuerdos, tenemos que luchar… luchar… contra él… No puedo callar mis dudas, con el pretexto de que contradicen las tácticas del Partido… Quizá no esté todavía políticamente madura y no pueda ver aún claramente el camino a tomar, pero sí soy capaz de reconocer que lo que está pasando no está bien: debo buscar la verdad, es mucho lo que está en juego…"

La Negra quedó en encontrarse con Alberto en un bar, a unas pocas cuadras de la fábrica, a la salida del trabajo. Cuando ella llegó, él ya la estaba esperando. Pidieron cerveza.

- Negra, ¿me trajiste *Cuestiones del Leninismo*, de Stalin, que te pedí?
- Sí - dijo ella, sacando de su bolso el libro - aquí lo tengo. Estaba en la biblioteca del Partido.
- Huy, ¡qué bueno! - dijo Alberto, poniéndose a hojear el libro.
- No te pongas a leer ahora - dijo ella.
- Lo miro nada más - se justificó él - Vos sabés, Negra - agregó en tono confidencial, después de guardar el libro en su bolso - me parece que mi señora nos está campaneando.
- ¿Se dio cuenta? - preguntó la Negra.
- Creo que sí. Fue la noche que nos quedamos encamados en la oficina del Partido. María le dijo que los únicos que estábamos allí éramos nosotros dos.
La Negra miró a Alberto a los ojos.
- Humm...veo que te preocupa mucho - le dijo.
- Tenés que entenderme, es mi mujer, la quiero, ¿es lógico, no? - respondió él, bajando la vista.
- Pero no es militante - dijo la Negra.
- Nos conocemos desde los quince años - le explicó Alberto - pasamos muchas cosas juntos. Es una mujer buena.

- Y entonces, ¿por qué le metés los cuernos? - dijo la Negra, molesta.

- Es que vos me importás, y me gustás mucho.

La tomó de la mano y se quedaron un rato en silencio, observando las otras mesas del bar y a sus parroquianos.

- Alberto - dijo la Negra, bastante preocupada - sos el primer tipo que me hace acabar en mucho tiempo. Tengo que confesarte algo. Yo también ando con algunos problemas, aunque de diferente tipo.

- ¿Qué? - bromeó él - No me digas que estás embarazada.

- No, no es eso. Tengo problemas con la gente del Partido.

- Ah…

- Mirá…yo sé que no conozco lo suficiente de política todavía - continuó la Negra - Desde que empecé a militar hice todo lo posible por aprender: escuché a los compañeros y compañeras, les hice preguntas, leí todo lo que pude. Los artículos y libros de Marx y Lenín me parecen claros. Cuando hablan nuestros líderes, a veces me confunden. A pesar de mis limitaciones, muchas cosas las entiendo fácilmente, porque nací bien abajo y me tocan de cerca…

- A mí me pasa igual - asintió Alberto.

- El caso no es el mismo - dijo ella - Vos sos hombre. No sabés lo que significa para una mujer tener que ponerla por plata.

- Yo trabajo por plata - se justificó él.

- El sexo por plata es la humillación más grande que te podés imaginar - dijo la Negra con rencor - Es una humillación tal que una no se perdona nunca. Por eso se mató la Susana, porque se odiaba tanto.

- La sociedad capitalista tiene la culpa - explicó Alberto - Por eso nosotros luchamos por la revolución proletaria, somos comunistas. No queremos más injusticias.

- Sí, es lo que afirman, pero están tratando de hacer acuerdos con la patronal - se quejó la Negra.

- Son acuerdos temporales, Negra - dijo Alberto - Es una táctica, pero los fines no cambiaron. Necesitamos tener buenas relaciones con la patronal para poder reclutar gente nueva. Lo que importa es que triunfemos.

- No, disculpame. Si para ganar tenés que traicionar tus principios, y dejar de ser revolucionario para ir a chuparle las bolas a los burgueses, entonces no sirve. Te estás vendiendo, y eso es malo. Yo lo sé bien.

- Estamos tratando de armar un Frente Popular con otros partidos y agrupaciones - insistió Alberto - hasta fortalecernos, organizarnos bien y después rompemos con ellos y actuamos en forma independiente. Si nos ponemos en contra de la patronal ahora, van a empezar a reprimir, y no nos conviene.

- Yo, antes de abandonar los principios, prefiero que nos repriman - dijo la Negra con convicción - El partido tiene de revolucionario lo que yo tengo de pianista. Se está vendiendo, se está volviendo una puta.

- Vos exagerás - dijo él, contrariado.

- Yo he sido una puta - continuó ella - Sé lo que es venderse. Y te digo que no quiero que mi Partido se dé la mano con los mismos que me prostituían. No acepto que me vuelvan a vender, y menos que lo haga el Partido. Yo milito para ser libre, quiero luchar, porque amo a los demás, y estoy aprendiendo a aceptarme a mí misma. No voy a dejar que me hagan esto…

- Me siento orgulloso de oírte hablar así - dijo Alberto, sin saber cómo salir de la situación - Pero creo que no nos comprendés, el Partido no ha cambiado, no hemos vendido nuestros principios.

- Nos conocemos demasiado, Alberto - dijo la Negra, suspirando con tristeza - Y hemos pasado ya por muchas cosas. No nos podemos mentir.

- ¿Qué vas a hacer, qué estás pensando?

- Creo que me tengo que ir del Partido - dijo ella - No me gusta cómo actúa. Quiero seguir militando, más que nunca, pero voy a buscar un partido que defienda mejor los principios comunistas. Ya este Partido no me representa - se quedó en silencio unos segundos y continuó - Yo creo en la militancia. Si quiero luchar sola, me daré la cabeza contra la pared, no lograré nada. Con un partido político s el intrumen. No nos podemos menta, un partido es el instruon impotente. nuar la militancia, mr muchas cosas. No nos podemos mepolpoeses distinto… los que tenemos los mimos objetivos nos unimos y avanzamos juntos. La fe en la lucha política me ayuda a seguir viviendo con esperanzas. Seguiré leyendo periódicos, hablaré con gente de otras agrupaciones, hasta encontrar a aquellos que me demuestren que están realmente luchando por hacer una revolución de los trabajadores, de los proletarios. Yo no sabía, hasta hace muy poco, que era capaz de tener buenos sentimientos para con los demás, así, sin conocerlos bien, en abstracto; pensaba que odiaba al mundo, y ahora me doy cuenta que no lo odio. Todavía estoy entera, sabés. Tampoco creía que fuera capaz de comprender lo que pasaba alrededor mío, pero he llegado a entender muchas cosas. Esto que me está pasando es muy bueno para mí, me enorgullece el cambio que tuve.

- Negra, hay rebeldías y rebeldías - dijo Alberto con severidad - Los marxistas podemos ser muy críticos, pero obedecemos las decisiones del Comité Central del Partido. Si te ponés en contra de la dirección política te transformás en contrarrevolucionaria, y, a larga, te aseguro, vas a terminar como los troskistas.

- Yo no soy contrarrevolucionaria. Estoy a favor de la militancia, estoy con la revolución, pero me rebelo contra la política de un Partido que yo pensaba era otra cosa. Está podrido por dentro, ya no puede cambiar, es tarde. Estoy segura que muchos de los camaradas son revolucionarios sinceros. Desgraciadamente, los están llevando por un camino equivocado. El reformismo es suicida y antimarxista.

- Prefiero no discutir con vos - dijo Alberto - Hablás con palabras muy cargadas. Yo estoy con vos por una cuestión personal, porque te quiero.

- Lo sé. Nunca olvidaré lo que hiciste por mí. Me diste mucho. Me hiciste entender la militancia, y el cambio que tuve te lo debo a vos.

- Yo te ayudé a entrar y a ser activista - dijo él - pero eras vos la que lo necesitabas, por eso buscaste participar.

- Gracias - susurró ella, mirándolo a los ojos - Este parece ser también un adiós para nosotros.

- Hace sólo unos segundos - confesó Alberto - pensé en pedirte que aunque salieras de este Partido y fueras a militar a otro, siguiéramos siendo amantes. Pero ahora me doy cuenta que pedirte eso no sería bueno. Yo estoy demasiado identificado con todo este mundo. Me siento atacado

personalmente por tus críticas y todo lo que dijiste. Yo logré en la fábrica que la gente me respetara, llevando a la práctica muchas de las consignas que vos criticás. Nuestra relación se llenaría de amargura y resentimiento.
- Sí, gracias por comprenderme - dijo la Negra - Sos el único hombre que ha sabido ser sincero conmigo, por eso me ayudaste a verme de una manera distinta. Pienso en cómo vivió la pobre Susana, en cómo viví yo; pienso en Toto, que volvió a trabajar al cabaret y terminará su vida víctima del alcohol y de las drogas, si es que no se suicida antes. No sé, siempre vi tanta desesperación alrededor mío. No puedo claudicar ni pactar. Tengo que seguir luchando.
- Me alegro que todo esto fuera bueno para vos. Tu cambio fue obra tuya.
- Sos el primero que me ayudaste. Me diste el cariño que necesitaba. No te olvidaré nunca.
- Gracias - dijo Alberto.
La Negra vio como los ojos de Alberto empezaban a brillar y pronto se llenaron de lágrimas.
- No llorés - le pidió.
- ¿Podemos acostarnos por última vez? - preguntó él.
- No sería bueno - dijo la Negra - Sufriríamos los dos, estaríamos angustiados. Haríamos la separación más dolorosa.
- Algún día encontrarás un hombre que te merezca y te haga feliz.
- No hables así - dijo ella, colocando su mano sobre sus labios.
- Te respeto y te quiero mucho - dijo Alberto - No te voy a olvidar.
- Adiós - dijo ella, poniéndose de pie.
Alberto bajó la vista. Ella se fue alejando, sin mirar hacia atrás.

Esa noche la Negra sintió sobre sí el peso de todo lo que había vivido recientemente. Necesitaba un momento de reflexión. Prefirió no regresar de inmediato a la pensión. Se fue a la costa del río, a caminar. Se sentó en un banco y miró pasar el agua. Allí pudo meditar en sus experiencias.

"Dejé el Partido, la relación con Alberto terminó, empieza otra etapa de mi vida - se dijo - Voy a enfrentarme con mi verdad. Quiero encontrar un partido revolucionario que entienda el marxismo como lo comprendieron los bolcheviques de Lenín, y denuncie las deformaciones reaccionarias estalinistas. Me gustaría leer algo de ese líder al que todos temen, Trostky, la mano derecha de Lenín, que se enfrentó con Stalin, y hablaba de la "revolución permanente", una idea hermosa. Estos son momentos definitorios para mí. Tengo que elegir bien el camino que va a tomar mi vida. Todo no da igual. No es lo mismo ser copera de un cabaret y no creer en nada, que ser militante de un Partido revolucionario; no es lo mismo odiar que amar; no es lo mismo ser una pobre puta que buscar la libertad. Si algunos de los ricos que me pagaban para acostarme con ellos me oyeran hoy hablando de la libertad, me despreciarían, dirían: "Una persona sin educación, ignorante, como vos, ¿qué sabe lo que es la libertad?". Sin embargo, yo lo sé: la libertad es un sentimiento, y yo lo llevo dentro mío, como si fuera un hijo. No lograron matarme los sentimientos: me habrán llenado con su semen asqueroso y me habrán hecho sentir como el ser más desvalido, pero todavía soy capaz de amar. Cómo me hubiera gustado que la Susana y el Toto hubieran hecho este camino conmigo. Pero no pudieron, ya nos les quedaban fuerzas para empezar otra vida. Yo soy la única que sobreviví a esa carnicería. Mi vida fue un horror… Sin embargo, no siento lástima de mí misma: la lástima es un sentimiento miserable. Otras han sufrido tanto como yo y aún más. Hay hombres rebeldes que pueden entender esto también porque han luchado mucho, y otros que son conformistas y temen a los cambios. Vi muchas injusticias. En el Partido había obreros que trataban como la mierda a las mujeres. Una cosa es ser macho y otra cosa es ser machista."

Esa noche prometía ser clara. La luz lunar se reflejaba suavemente en la superficie del agua. Aspiró el aire fresco, se puso de pie y caminó a lo largo de la costa del río, lentamente.

Pasó una semana. Una tarde, luego de terminar el trabajo en la fábrica, la Negra regresó a la pensión, dejó su ropa obrera, se puso un vestido sencillo, se arregló el pelo y salió. Quería buscar compañía. Fue al centro de la ciudad. Paseó y miró vidrieras. Se hizo de noche. Entró en un bar. Miró la barra y las mesas. No vio ningún hombre que le interesara. Se sentó en la barra y pidió un trago. Al rato salió, volvió a caminar por calle Córdoba y luego dobló y se dirigió a calle Rioja. El centro de Rosario mostraba poca actividad esa noche.

"Hacía rato que no salía de levante - se dijo - y no aguanto estar sin sexo demasiado tiempo. Las compañeras de la fábrica me miraron mal durante toda la semana, por encima del hombro, seguro que en el Partido me empezaron a difamar, y a hablar porquerías de mí. Les habrán dicho que soy una vendida, cualquier cosa. Ellas sin embargo me han visto actuar, saben cómo soy. Las delegadas podrán decirles lo que quieran, pero dudo que crean en las calumnias. Hoy, sin embargo, quiero olvidarme de todo eso. No salí para hacerme mala sangre. La lucha seguirá…con nosotros y sin nosotros, la lucha seguirá…Esta noche, sin embargo, es mi noche de placer: tengo derecho, después de todo. Hoy me quiero levantar a un tipo: ahora no tengo que coger por guita, como antes, y darle el gusto a los otros; ahora cojo para disfrutar yo. Busco mi placer. ¿Y por qué no? Me lo he ganado."

En la esquina de Sarmiento y Rioja vio a un hombre joven solo. Era alto y de cuerpo atlético.

"¿Qué hace ese tipo solo parado en la esquina? - se dijo la Negra - Qué buen mozo, ¿andará de levante?"

El joven miraba en dirección opuesta a donde estaba ella. La Negra se acercó.

- Disculpe, señor - preguntó - ¿me puede decir la hora?

El joven se volvió y observó con atención el cuerpo de la Negra.

-Sí, son las nueve y media - respondió.

- ¡Qué tarde se ha hecho! - dijo ella.

- Bueno...no es tan tarde. Quizá sea tarde para algunas cosas y temprano para otras - dijo él, con picardía.

- ¡Ay...ja, ja! - rio la Negra, festejando su chanza.

- ¿Cómo te llamás?

- Me llamo Amanda, pero me dicen la Negra.

- ¿Negra? - es un sobrenombre muy cariñoso.

- ¿Y su nombre cuál es? - preguntó ella.

- No me tratés de Ud., que me hacés sentir mal. Llamame Ernesto.

- Ernesto...qué lindo nombre - dijo la Negra.

- ¿Adónde ibas?

- Iba a mi casa, a dormir, mañana tengo que madrugar para ir a trabajar.

- Ya que se dio este encuentro... - dijo el joven, con aire de seductor - no lo dejemos escapar. Yo no creo en las casualidades, vos no sos una mujer común... A lo mejor estábamos destinados a encontrarnos.

- A cuántas les habrá dicho lo mismo - exclamó la Negra, fingiendo timidez.

- No - se apresuró a decir el joven - yo raramente hablo con gente que no conozco. Para mí este es un momento especial. Dejame que te invite a tomar una copa, o comer, si no comiste...

- Ernesto, ¿podemos ser sinceros? - preguntó ella, mirándolo a los ojos.

- ¿Sinceros...? - dijo Ernesto, sorprendido - estoy siendo sincero.

- Me refiero a ser sinceros y decir qué nos proponemos ahora - explicó la Negra - ...para qué vamos a dar vueltas.

- Sí, claro, de acuerdo, es mejor ser directos - asintió Ernesto.

- Mirá, está bien que Rosario no es Nueva York, ni yo soy Marilín Monroe, pero...vos me gustás... - le confesó ella.

- Gracias - la secundó él - vos también a mí, me volvés loco.

- ¿Adónde podemos ir? - preguntó la Negra - ¿Vivís por aquí cerca?

- Bueno, no muy cerca, vivo en Tiro Suizo.

- Huy, está bastante lejos - exclamó ella - Yo creo que mi casa, o, mejor dicho, mi pieza, nos queda mejor. Vivo en Arroyito.

- Sí, vamos. ¿Querés que tomemos un taxi? - la invitó él.

- Va a salir muy caro - dijo la Negra - mejor nos tomamos el colectivo aquí en esta esquina, nos deja solo a una cuadra.

Entraron en la pensión. La Negra puso música en la radio. El la tomó entre sus brazos y la besó. Se acariciaron. Ernesto le abrió el cierre de su vestido y lo fue deslizando suavemente, hasta que descubrió las formas redondas y exuberantes de su cuerpo. Los senos turgentes desbordaron el sostén y él, excitado, la estrechó contra su pecho. Cuando estuvo desnuda, ella devolvió la cortesía y desabrochó su camisa. Después bajó el cierre de su pantalón y tuvo su miembro en la mano. Quitaron el cubrecama y cayeron sobre el lecho, abrazados. Se recorrieron con besos afiebrados.

- Me gusta tu físico - le dijo la Negra, admirada ante su cuerpo - tenés los músculos bien marcados.

- Es por el entrenamiento - afirmó Ernesto - soy jugador de fútbol, me entreno todos los días.

- ¿Sí?, qué lindo - exclamó halagada la Negra - ¿para quién jugás?

- Para Central.

- ¿Para Central? Entonces sos de los buenos.

- Juego en la reserva - dijo Ernesto - No soy de los mejores.

- Dale, no seas modesto - lo estimuló ella - ya vas a subir.

- ¡Decime que sos centralista! - dijo él, bromeando.

- Seguro que soy centralista - declaró la Negra, siguiéndole el juego -¡Central viejo y peludo nomás!

- ¡Ah, porque yo con las contreras no me entiendo! - exclamó el joven.

- ¡Ja, ja - rio la Negra - yo soy igual que vos!

135

- ¿Y vos qué hacés? - preguntó Ernesto.
- Soy obrera de Sudamtex.
- Ah, la fábrica de telas, sé que es grandísima - dijo él, mirándole los senos - Pero con tu cuerpo podrías ser artista.
- ¿Ma qué artista, artista de qué? - reaccionó la Negra - ¡Yo prefiero ser obrera, y a mucha honra!
- Las estrellas ganan mucho - la incitó Ernesto.
- Yo vendo mi trabajo, no vendo mi cuerpo - dijo ella, algo disgustada.
- Está bien, no te enojés - se disculpó el joven.
- No me enojo, te digo nada más - dijo la Negra, sonriendo - Mirá, con lo que me gustás, lo que menos quiero es enojarme con vos.
Volvieron a acariciarse.
- Y si no te querés enojar, ¿qué es lo que querés? - continuó Ernesto, mientras le besaba el vientre.
- Quiero coger, ¡coger! ¡co-ger!, con todas sus letras.
El joven subió por el cuerpo de ella hasta que su boca estuvo frente a la boca de la Negra.
- Y yo te quiero coger, te quiero recoger, aunque mañana en el entrenamiento esté muerto - le dijo.
- Y yo quiero recontracoger - siguió ella - aunque mañana en la fábrica las telas me salgan todas mal, los motivos rayados queden ondulados y los floreados, lisos.
- ¡Viva la pija, viva la concha y la pija! - gritó Ernesto, apretándola con fuerza.
- Te quiero sentir adentro mío - le dijo la Negra, abrazándolo - quiero tener tu chipote hasta la garganta y sentirme fuerte como vos. Al principio ser como una niña indefensa, y después ponerme todos tus músculos como si fueran un traje, tragarte por mi agujero.
- Y yo quiero recogerte - siguió él, entusiasmado por el juego verbal - y al mismo tiempo ser juguetón como un nene.

Siguieron acariciándose. Los músculos de Ernesto se fueron tensando por la excitación. Ella le agarró el miembro, lo palpó bien y se abrió de piernas.

- ¡Ponemelá mi macho, ponemelá!

Ernesto, sin apurarse, empezó la penetración, frotando con su miembro las puertas de la vulva.

- Así…así… - dijo Ernesto - primero despacito, y después de golpe, hasta el fondo - anunció, para hacerla desear.

- Ay, qué bien que me hacés, enterramelá hasta el tronquito - pidió la Negra.

- Hasta el fondo, mi amor, hasta el fondo - susurró Ernesto, cayendo con vehemencia.

La penetración se hizo dura y ágil. Ernesto contraía sus músculos en contacto con el cuerpo de la Negra. Ella le brindaba sus formas abundantes, la redondez de sus senos y sus nalgas, la curvatura de sus piernas.

- Estamos transpirando - le dijo ella al oído - vos estás chorreando, cómo te movés…

Excitado por el llamado, el hombre se desesperó, tratando de hacer sus movimientos más perfectos.

- Vamos a hacer el 69 - le pidió la Negra.

- Bueno - aceptó el atleta.

El invirtió la posición. La Negra le besó los pies y las piernas, y llegaron simultáneamente a los órganos sexuales. El sintió la vulva húmeda y carnosa y hundió su boca en ella. La Negra aprisionó su falo entre las manos, lo recorrió con sus labios, lo acarició contra sus mejillas y después se lo introdujo en la boca con voluptuosidad.

- Acá te encontré una vena azul toda sobresalida - dijo la Negra.

- Si me la apretás, ahorcás el osito - bromeó Ernesto.

- ¿Y si te lo masajeo así? - dijo la Negra, masturbándolo.

- ¡No, mirá que el osito se enoja y escupe!

La Negra no pudo contener una carcajada. Ernesto frotó con su lengua la vulva repetidas veces de abajo a arriba.

- Dejame - le susurró Ernesto - no me molestés, que me estoy tomando una sopa de pescado. Parece champán a la catarata.

- No me la apretés mucho - le pidió la Negra, que estaba sensible - despacito.

- Me voy a meter adentro - dijo Ernesto - quiero conocer el mecanismo que hay allí. Seguro que voy a descubrir tuercas, poleas, bulones, capaz que alguien se olvidó algo allí metido.

Introdujo profundamente su lengua en la vagina de ella.

- Capaz que encontrás una mano - bromeó la Negra, muy divertida - Mirá, si yo a tu caño le pongo dos ruedas, me hago una bicicleta.

- ¡Sí, de carrera! - dijo Ernesto, levantando su rostro - Pero, ¿y los pedales?

- No necesito pedales, te aprieto los huevos para que empujes.

- ¡Ja, ja!, ¡tracción a bolas!

Ernesto volvió a su trabajo de lengua. El roce se hizo profundo y constante. Ella empezó a contraerse.

- ¡Agh, chupá un poco más, macho, que ya estoy cerca! - le pidió.

Ernesto reiteró su esfuerzo con maestría. Ella, sin abandonar su miembro, al que cubrió de besos y caricias, empezó a exhalar pequeños gritos de placer. El orgasmo estaba cercano.

- ¡Venite encima mío - dijo la Negra - que ya estoy por acabar!

Cambiaron la posición. Ernesto se acomodó entre las piernas de ella para el asalto final. Apoyó sus dos brazos sobre la cama y la penetró con agilidad. Mantuvo su torso en el aire, sin sostenerlo contra el cuerpo de ella. Su cuerpo se contorneaba, y la Negra miraba la pelvis de Ernesto sumergirse profundamente entre sus piernas y volver a emerger con el miembro arqueado, fuerte y húmedo, buscando su vulva en flor.

- Sí, así, serruchame bien - exclamó la Negra, subiendo las piernas para que el hombre la tuviera ofrecida en todo su vigor - volveme loca!

Ernesto, recorrido de contracciones, se dejó caer y abrazó el cuerpo de ella; los dos, muy apretados, siguieron en el movimiento placentero, cuando ya llegaba el orgasmo.

- ¡Ahora...agh...agh...! - exclamó Ernesto - ¿vos también? - le preguntó.

- Sí...ah...¡juntos! - dijo la Negra, sintiendo la fiebre eléctrica del orgasmo.

- ...sí...ah...¡juntos! - gritó Ernesto, con su cuerpo contraído en el espasmo, sin dejar de hincar su miembro con frenesí.

- ...agh...agh...ahiii... - susurró ella, mientras sus músculos iniciaban un temblor convulsivo.

- ¡Cómo me hacés gozar! - dijo Ernesto, que ya empezaba a sosegarse.

- ¡Me vengo, me vengo, me estoy viniendo! - gritó la Negra que, lenta y gozosa, había llegado a la cima de un orgasmo prolongado y feliz.

Después del orgasmo descansaron un rato. El cerró los ojos y durmió. La Negra, gratamente sorprendida por esa noche inesperada, relajó su cuerpo y pensó en los vaivenes de su destino. Poco después él despertó; ella lo besó con dulzura.

- ¡Ay, hacía bastante que no cogía como hoy! - le dijo.

- Me volvés loco - confesó Ernesto.

- ¿Querés que tomemos unos mates? - lo invitó.

- Sí - respondió Ernesto - ¿querés usar mi bombilla?

- No, tu bombilla me la reservo para otra cosa.

- ¡Ja, ja! Vos sabés, Negra - dijo el atleta - sos una mujer bien directa, decís las cosas como son. Quiero seguir viéndote.

La Negra se puso seria.

- Prefiero que no, Ernesto.

- ¡Sí!, ¿por qué no? - insistió el muchacho - ¿no te gusto acaso?

- No es eso, es que no quiero meterme en una relación en este momento.

- ¡Ah, si es así…! - dijo él, despectivo - Ahora capaz que me vas a decir que cobrás.

- ¿Cómo decís? - preguntó la Negra, hecha una furia - ¿Querés que te rompa la cara?

- No te enojés, piba - dijo el jugador de fútbol, sin entender su reacción - te estoy embromando nada más.

- ¡Mirá - se desahogó la Negra - lo que yo hago lo hago porque me gusta, por mi placer, soy una mujer libre!

- ¡Está bien, está bien, no te la agarrés en serio, fue una broma! - insistió él.

- ¡Para eso laburo, para eso produzco! - gritó la Negra - ¡Pero esta sociedad machista nunca va a aceptar la libertad de una mujer!

- ¡Bueno, bueno - dijo Ernesto, consternado - está bien, disculpame…!

La Negra se sosegó. Se quedó quieta, como si le faltaran las fuerzas.

- ¿Me disculpás? - dijo el joven, preocupado.

- Sí…sí… - contestó la Negra, avergonzada de su reacción.

Ese fin de semana la Negra se quedó en la pensión. Leyó periódicos de distintas organizaciones políticas y un libro que había conseguido en una librería de libros usados del centro, *La revolución permanente*, de Trotsky. Quedó muy satisfecha con la lectura y la soledad. El domingo, al atardecer, decidió ir a caminar al Parque Alem. Paseó por los senderos flanqueados de césped. Tomó el camino paralelo a la costa del Paraná. Sintió el magnetismo de las aguas del río poderoso. Se detuvo por un instante y observó el sendero que se perdía a lo lejos. Luego, continuó su paseo.

"Tengo veintitrés años - pensó - He pasado por tantas experiencias. He trabajado de sirvienta, de copera, de puta, y ahora de obrera. No sé. Pienso en la vida que tuvo mi pobre madre... Ella sufrió más que yo, le era difícil aguantársela, por eso tomaba y se fue muriendo de a poco. Mis experiencias, crueles como fueron, me ayudaron a entender muchas cosas. Me hicieron fuerte e independiente. Me dan lástima esas mujeres atrasadas que se dedican a limpiarle la mierda a los maridos y se creen importantes. Y sus hijitas, las nenas bien que fueron a la escuela y esperan al noviecito en el zaguán de la casa. Se hacen las santurronas, y creen que porque saben fingir las van a querer y las van a perdonar. ¡No, eso no sirve, hay que ser valiente y aprender a luchar! Eso es lo que vale. Mi vida ha tenido mucha calle. La calle y todo lo que me pasó fueron mi escuela. Allí me hice dura. Nunca me quedé encerrada entre cuatro paredes. Las paredes de mi casa eran de lata y miraba afuera por los agujeros. Hoy puedo mirar hacia adelante. Y decidir cómo será para mí el mañana, qué voy a hacer, quienes son los amigos, quiénes los enemigos y qué bando voy a defender. Sé quiénes son los culpables de la niñez miserable que pasé...Son aquellos que tienen tanta ambición de acumular que nos matan...¡qué nos matan!... para tener ellos más. Ha sido una casualidad que yo saliera adelante y no terminara como la Susana, o como el Toto, o como mi vieja, o como mi hermano mayor, al que mató la policía cuando aún no había cumplido quince años.

En medio de esta miseria, quiero enseñar a las otras mujeres y también a los hombres oprimidos cómo luchar. No puedo pensar solamente en mí, no quiero ser como esas mujeres egoístas que se sienten buenas porque crían hijos y acumulan virtudes falsas, mientras sus maridos juntan dinero con el sudor y la sangre de los trabajadores que explotan. Yo aprendí. Ahora quiero trabajar con los otros, juntos, todavía estamos a tiempo. Un día vamos a ser libres. Lo tenemos que hacer entre todos, antes que sea tarde."

Salió del Parque y fue a caminar por las calles de Arroyito. Pasó por la fábrica donde trabajaba. Vio el complejo edilicio, los galpones donde, día a día, ella y sus compañeras y compañeros dejaban su sudor y sus vidas. "Tanto esfuerzo...tanto esfuerzo... - pensó - de hombres y mujeres en todo el mundo, mientras los patrones se vuelven locos...Todo ese esfuerzo colectivo lo van a desangrar muy pronto en una guerra, para tener todavía más, y de nuevo las víctimas vamos a ser nosotros, los hombres y mujeres trabajadoras, y los hijos de los trabajadores. No hace falta mucha escuela para entender esto, yo aprendí como pude a leer y escribir y lo veo clarito. Me ayudaron, eso sí, las explicaciones que en su momento me dio el Partido. ¿Cómo esas que leyeron tanto y los que fueron años a la escuela no lo ven? ¿Qué mierda les enseñan en esas escuelas y universidades? Son las escuelas de los patrones, les deben decir que los trabajadores somos unos animales, que nos tienen que matar de a poco, que está bien que nos maten, porque somos peligrosos. Sí, somos peligrosos, muy peligrosos, porque queremos ser libres, y tarde o temprano vamos a conseguir el poder."

Había oscurecido, y la Negra empezó a caminar hacia la Avenida para tomar un colectivo y regresar a la pensión. Se cruzó con un grupo numeroso de personas del barrio que salían del cine. Saludó a dos compañeras de la fábrica que estaban con sus familias. Se sintió muy bien y al llegar a la Avenida optó por caminar algunas cuadras más. Muchos de los bares habían sacado las mesas a la vereda y la gente bebía y conversaba amablemente. En una heladería unos chicos esperaban su turno con ansiedad. La Negra se sintió acompañada por la multitud.

"Pensar sólo en mi futuro, en mi placer y en mi felicidad, no tiene sentido - se dijo - tenemos que salvarnos todos juntos, solamente nos podemos salvar unidos, o nos salvamos juntos o nos hundimos todos. No voy a vivir encerrada dentro de mí, en mi egoísmo, como en una tumba; quiero dar, quiero amar, tengo mucho que ofrecer. Voy a luchar para que el mundo cambie. Necesito encontrar una organización política que lleve a la práctica las ideas marxistas que el Partido Comunista predica pero no cumple. Esos hace mucho que dejaron de ser revolucionarios. Los encontraré, estoy segura que los encontraré, sé que no estoy completamente sola. Quiero vivir y cambiar con los demás. Soy una mujer, y yo voy a mostrar lo que vale una mujer."

La Negra miró a los hombres y mujeres que pasaban junto a ella, y caminó con los otros. Se sintió fuerte y repitió: "Soy una mujer, y voy a mostrar lo que vale una mujer."

Nueva York, 1980-1982.